KB039750

서른아홉살, 자야

심현서 장편소설

서른아홉살, 자야

심현서 장편소설

달아심

차례

제1부

그럼에도 불구하고

1.

여의도역은 끊임없이 사람들을 쏟아내고 있었다. 꽃구경을
나온 이들이 어쩌면 벚꽃 잎보다 많을지도 모르겠다는 생각을
하며 인파를 뚫고 한 걸음씩 내딛는다.

"5월의 신부는 너무 흔해. 결혼식은 생애 단 한 번뿐이니까,
최대한 예쁜 사진을 남기는 게 나을 것 같아."
선영이는 5월의 신부와 벚꽃을 배경으로 한 결혼식 사이에
서 고민하다가 벚꽃을 선택했다. 그렇게 결혼식장도 강남의 호
텔이 아닌 여의도가 된 것이다.
선영이는 어느 날 남자가 신고 나온 운동화가 마음에 들지 않

는다며 그 사람과 헤어졌고, 함께 영화를 보다가 남자가 눈물을 흘렸다고 그 남자와 헤어지기도 했다. 그러던 선영이가 만난 지 두 달 만에 결혼식을 강행했다. 서른아홉은 그런 나이라면서.

서른아홉의 난, 문자 메시지 한 통의 간단한 이별 선고에 밤새 뒤척이다가, 친구의 결혼식장을 향해 발길을 재촉하고 있다. 이런 일이 처음은 아니다. 내가 이별을 할 때마다 친구는 결혼을 하는 것 같다. 그나마 친구가 많지 않은 게 다행인 순간이다.

야외 결혼식장은 두 면이 벚꽃나무로 둘러싸여, 다른 꽃장식이 오히려 초라하게 느껴졌다. 선영이의 드레스는 특별한 장식 없이 심플하면서도 움직일 때마다 빛을 뿜어냈다. 가슴 위에서 일자로 떨어지는 드레스 라인이 쇄골이 예쁜 선영이를 더욱 빛나게 하고 있었다. 햇살은 강하지 않았고, 가끔씩 바람이 스치면서 봄날의 더위를 식혀주었다. 현악 4중주가 끊임없이 흘러나왔고, 그 많은 하객들 모두 신랑 신부를 축복하고 있는 듯 보였다. 무엇보다 신부는 아름다웠고, 신부를 보는 신랑의 얼굴엔 미소가 끊이지 않았다. 나무랄 것 없는 결혼식이다.

고등학교 때 선생님이 주례로 오셨다. 이젠 교장 선생님이 되셨다고 한다. 이 화려한 결혼식장에 그렇게 어울리는 분은 아니었다. 혹 영주라면 모를까, 선영이가 선생님께 주례를 부탁할 만큼 친한 사이라는 것도 의아했다. 게다가 대개의 경우 신랑의 은사가 주례를 맡는데, 이번 주례를 선생님께 부탁하기 위해 선영이는 시부모님의 눈총까지 받았다고 하니 말이다. 결혼식이 끝나고도 선영이는 우리에게 선생님을 잘 모시라고 신신당부하며 신혼여행을 떠났다.

우리는 선생님을 모시고 근처 레스토랑에서 맥주를 마셨다.

"영주 아이들은 많이 컸겠네."

"네, 이제 중3. 중2예요."

"어이쿠, 힘들겠구먼."

"점점 상전을 모신다니까요. 언제부터 중2가 벼슬이 됐는지. 아, 선생님, 태라 얼마 전에 승진했어요."

"장하구나."

"아니에요. 동기들보다 늦은걸요. 똑같이 리스크가 있어도 여자는 못 믿겠단 시선들이 아직도 많아요."

"그래, 결혼은 안 할 셈이야?"

"네. 안 해요."

태라의 대답은 단호했다.

"선생님, 자야는."

영주가 내 이름을 꺼낸다. 현성의 이야기를 하려는 것 같아 놀라서 고개를 들었다. 영주가 말하지 못하게 눈짓을 했다. 갑자기 할 말이 없어져버린 영주가 다른 이야깃거리를 찾는 동안,

태라는 웨이터를 불러 맥주를 더 주문했다.

태라와 영주는 살아가는 이야기며 여고 시절 이야기를 넘나들며 선생님과 격의 없이 대화를 나누는데, 나는 이 자리에서 마땅히 할 말이 떠오르지 않았다.

영원한 비정규직 학원 강사에 결혼은커녕 이렇다 할 연애조차 해본 적이 없는 인생이다. 무얼 가지고 옛 은사님 앞에서 당당히 입을 열어야 할지 막막하기만 했다. 어색함을 감추려고 홀짝거린 맥주에 얼굴이 화끈거린다.

고교 시절, 우리 중에 선생님이 나를 가장 예뻐하셨다고 친구들은 입을 모아 말하는데, 난 별로 기억이 나질 않는다. 고교 때 우리를 유난히 예뻐하셨던 것 같기는 하지만, 우리가 그렇게 선생님 기억에 남을 만큼 특별한 아이들은 아니었기에 이 상황이 낯설 뿐이다.

고등학교 입학식 날의 설렘과 그때 영주, 태라, 선영이가 함께했던 기억은 난다. 좋은 담임 선생님을 만났다고 좋아했던 것까지는.

그런데 어느 날, 난 미국에 뚝 떨어져 있었고, 다시 기억이 나는 건 친구들의 편지를 받은 때부터이다. 이 친구들의 편지를 받고 미국 생활에 적응해보려고 노력했다는 것밖엔. 어떻게 미국행 비행기를 타게 됐는지, 처음 타보는 비행기였는데, 기억이 생생해야 맞을 것 같은데 이상하게 기억이 나지 않는다.

미국에서 돌아왔을 때, 부모님보다 나를 더 반겨준 것 또한 친구들이었다. 나에겐 그들과 함께하지 못한 5년이 있지만 중요한 사건은 친구들이 보내온 편지를 통해 다 알 수 있었다. 미국에 있는 동안에도 한국에서 그녀들과 같이했다는 착각이 들 정도였다. 그런데 가끔은 이 친구들만의 비밀이 있는 것 같은 느낌이 들기도 한다. 그저 함께하지 못한 5년이란 시간이 주는 착각일지도 모르겠다고 치부해버린다.

선영이가 들고 있을 때 예쁘기만 하던 부케가 주인을 못 찾은 듯 영 어색하다. 간밤에 벌어진 나의 이별에 대해 결혼식장에서 말할 수는 없었다. 손에 들고 있는 것조차 부담스럽지만 혹 선영이의 행복에 금이 갈까 두려워 꾸역꾸역 집에까지 들고 오는 길이다. 휴대폰을 꺼냈다가 가방에 도로 넣었다.

일주일 전만 해도 집으로 가는 길 그에게 꼭 전화를 했었다. 하루의 일과를 얘기하며, 그의 부드러운 목소리를 듣고 있으면 고된 하루의 서러움이 가라앉았다. 그런데 갑자기 그는 일주일 동안 연락이 되지 않았고, 초조함에 오그라든 내 심장에 문자 한 통으로 비수를 꽂았다. 선영이의 결혼식에 함께 가자고 한 것이 부담스러웠을까. 결혼식에 함께 참석해 부케를 받고 머지않아 그에게 프러포즈를 받고, 그렇게 머지않아 우리도 결혼식

을 할 수 있지 않을까 기대했었다. 선영이처럼 화려한 결혼식을
바란 것도 아닌데 그것조차 내겐 과분한 꿈이었나보다.

2.

　실연을 당하고도 매일 출근을 한다. 이런 내가 대견하기만 한데, 참고 견디는 것에 탁월한 한국인들은 아무도 내게 장하다 말하지 않는다. 아니 아무도 내게 관심이 없는 걸까. 태어나면서부터 세상은 배역을 정해 놓은 듯하다. 난 이 세상에 엑스트라로 태어났나보다.

　학원 건물을 나서는데 비가 내린다. 제법 굵은 빗줄기가 미처 떨어지지 못한 꽃잎들을 다 쓸어가고 있었다. 집에 어떻게 가나, 가지 말까, 그럼 어디로 가나, 잠시 갈피를 잡지 못하고 서 있었다.

　"밤에 비 올 거라고 했거든요. 일기예보도 안 챙기나봐. 별로 할 일도 없어 보이는데."

하얗고 기다란 손가락이 내 손을 잡더니 우산을 펼쳐 쥐어준다.

"이거 쓰고 가세요."

녀석의 따뜻한 손이 스치는 촉감에, 녀석의 무례한 말투는 흘려버린다.

일주일 전, 고급 회화 반에 등록해 단 하루 만에 반 분위기를 화기애애하게 만들어버린 녀석. 게다가 내로라하는 명문대생에 외모도 준수하다. 가까이에서 보니 하얀 얼굴과 부드러운 눈매가 더 도드라져 보인다. 녀석은 이 세상에서 주인공일지도 모르겠다.

"우산을 날 주면 수현인 어떡해?"

"어, 제 이름 알고 계셨네요. 전 한 번도 눈을 안 마주쳐 주시길래 제 이름도 모르실 줄 알았어요."

이렇게 잘생긴 녀석도 선생이 눈 한 번 안 마주쳐주면 서운한가보다. 왜 녀석과 눈도 한 번 안 마주쳤을까. 일주일 동안 시간이 어떻게 흘러갔는지 잘 모르겠다. 그저 하던 대로 버티는 것 밖에는.

가까이서 보니, 녀석이 반 분위기를 화기애애하게 만들어 나의 수고를 덜어주었다는 생각이 뒤늦게 따라온다.

"우산 가지고 가. 난 괜찮아."

대책도 없으면서 새삼 선생의 체면부터 챙긴다.

"항상 비상용 우산을 가방에 넣어두는데요. 그걸 잊고 아침에 우산을 들고 나왔지 뭐예요."

녀석은 가방 안에 있는 우산을 꺼내 흔들어 보였다. 녀석의 환한 웃음은 나마저 덩달아 웃게 했다. 우연히 나를 발견한 거겠지만, 좀 전에 우울했던 마음이 조금은 산뜻해진다.

"많이 피곤해 보여요. 비 맞지 마시고 들어가서 푹 쉬세요."

녀석은 다정하게 말을 붙여놓고 저도 어색한 듯, 머리를 긁적였다.

"그래, 고마워."

녀석은 인사를 꾸벅하더니, 몇 걸음 뛰어가 인파 속으로 사라졌다. 녀석의 반듯한 뒷모습과 경쾌한 발놀림을 보면서도 기분이 조금 산뜻해진다.

휘청거리는 나에게 혹시 수호천사라도 온 것일까. 아니다. 살면서 기적 같은 건 바라선 안 된다. 아직 그런 일은 나에게 한 번도 일어나지 않았다.

버스에서 내리니 비가 더 세차게 내리고 있었다. 우산을 펴 드니, 녀석의 얼굴이 스치듯 지나간다. 밤공기가 좋아서 천천히 걸었다.

집이라고 해봐야 피곤함을 받아줄 작은 침대와 지루함을 달래줄 TV가 전부인 곳이다.

미국에서 돌아와서도 난 줄곧 이곳에서 혼자 지냈다. 부모님은 내가 돌아오기 전 이미 서울에 내 거처를 장만해두셨고, 이곳에서 지내며 공부를 계속하든 일을 하든 알아서 하라고 하셨다.

적응하기 어려운 미국 생활을 간간히 버티며 대학에 입학하자마자 한국엔 IMF가 닥쳤다. 부모님은 환율을 감당하기 어렵다고 하셨고, 난 미련 없이 한국으로 돌아왔다. 어차피 원하던 미국행도, 공부도 아니었다.

한국에 돌아와서도 공부엔 미련이 없었다. 아니 관심조차 없었다는 게 더 정확한 표현일 거다. 그래도 미국 생활 5년에 절로 얻어진 깊지 못한 영어 실력으로 영어 회화 학원에 취업하는 건 어렵지 않았다. 그렇게 시작된 한국에서의 삶이 지금까지 이어지고 있는 것이다.

귀국 당시 부모님이 헐값으로 사놓은 언덕길에 다세대 건물의 작은 집. 당시 난 이 집을 보고도 좋다 싫다 아무런 감정도 느끼지 못했다. 원룸이라고는 하나, 침실과 거실이라는 공간이 분리되어 있으니 혼자 살기엔 안성맞춤이었다. 아니 스물두 살의 나이엔 과분한 집이었다.

이사를 해야겠다는 생각은 딱히 하지 않고 살았다. 언젠가 내 신상에 변화가 생기면, 결혼이라도 하게 된다면 자연스레 이 집을 떠나게 될 거라고 막연히 생각하며 살았다. 그런 세월이 17년이나 흐르고, 집은 세월이 흐른 만큼 낡은 건물이 되었다. 아무런 발전도 변화도 없이 그저 나와 함께 늙어가고 있었다.

3.

아침 일찍 선영이에게 전화가 왔다. 선영이 결혼한 지 벌써 한 달이 지났다.

선영이의 가뜩이나 마른 몸매가 한 달 사이 더 야위어 보였다.

"내가 좀 늦었지. 그놈의 친척은 왜 이리 많은지. 별로 친해 보이지도 않던데 인사는 꼭꼭 챙겨야 한다네."

"아직도 피곤해 보여."

태라의 말투엔 왜 쓸데없이 결혼은 했냐는 질책이 섞여 있는 듯했다.

"곧 적응되겠지. 비행기만 타도 기압 때문에 힘든데, 그냥 다른 별에 왔다고 생각하기로 했어."

"다른 나라도 아니고 다른 별? 그렇게 힘들어?"

"뭐든 처음엔 다 그래. 넌 무인도에 혼자 갔다 놔도 끄떡없을 애야."

언제 어떤 상황이든 가장 따뜻한 말로 위로하는 건 영주의 몫이다.

"무인도면 차라리 편하지. 내 맘대로 할 순 있잖아. 근데, 여긴 무인도가 아니라 다른 별이라니까. 내가 여태껏 살면서 한 번도 만나보지 못한 종류의 사람들이니까. 외계인이 틀림없어."

가뜩이나 자유분방한 선영이가 별난 시집 식구들 사이에서 고충이 꽤나 큰가보다.

선영이 매운 음식이 당긴다고 해서 우리는 낙지볶음을 먹으러 갔다. 선영이 가장 매운 맛으로 주문하는 바람에 혀가 얼얼했다.

"아, 나 이거 먹으면 설사하는데."

선영은 투정을 하면서도 바쁘게 젓가락을 놀렸다.

"그냥, 적당한 거 시키지."

태라도 힘겨운지 선영이를 타박한다.

"아참, 현성씨는 잘 있어? 선영이 결혼 때문에 정신없어서 안부도 잊었네."

가장 여유롭게 낙지 맛을 즐기는 영주가 묻는다. 가슴에 꾹

꾹 눌러둔 현성의 이름을 듣자, 코끝이 찡해졌다.

"아, 너무 매워."

대답을 하는 대신 화장실로 뛰어갔다. 현성이란 이름을 듣자, 한 달여 참아왔던 그리움과 설움이 한꺼번에 몰려왔다. 이젠 실연을 당해도 울지 않는 나이가 되어버렸나, 그것마저 서러웠는데, 아직도 눈물이 남아 있다는 건 그래도 다행스런 일이었다.

눈물 자국을 휴지로 대충 닦고 자리로 돌아왔다. 나를 본 친구들은 잠시 아무 말도 하지 않았다. 일주일 연락 두절 끝에 문자 한 통으로 이별 통보를 받았노라고 하자, 모두 어이없긴 마찬가지였다.

"야, 세상에 믿을 게 없어서 남자를 믿냐? 예수님, 부처님, 알라신까지 신들도 많은데, 믿을 게 없어서 남자를 믿냐구. 사이비 종교보다 더 못 믿을 게 남자라구."

선영이는 이 어색한 상황을 재빠르게 종결지었다.

"얘는 갓 결혼한 새색시가."

영주가 타박을 했지만, 선영이는 앞으로도 자신의 가치관을 바꾸지 않으려는지 당당한 표정이다.

태라와 영주와 나는 사랑을 믿었었다. 아니, 남자를 믿었었나. 그 실체가 모호한 것이 행복을 가져다줄 거라고 막연하게 믿었다가 한 번씩 뒤통수를 세게 얻어맞았다. 그 후에는 태라는 일에서, 영주는 아이들에게서 다시 행복을 찾고 있었다. 그런데 난 아직도 무엇에서 행복을 찾아야 하는지도 알지 못한 채 헤매고 있다.

사랑이나 남자 따위를 믿지 않았던 선영이는 아직까지 뒤통수를 맞은 적이 없다. 선영이는 앞으로도 계속 그런 것들을 믿지 않을 기세다.

나의 눈물 때문에 분위기는 가라앉고 우리는 예정보다 조금 일찍 자리를 파했다. 태라가 굳이 집까지 데려다주겠다는 걸, 걷고 싶다는 핑계를 대며 겨우 사양했다.

혼자 걸으면서 현성과의 추억을 생각하는 것이라도 하고 싶다. 더 이상 힘들어하지 않으려면 잊어야 하는데, 막상 그를 잊는다면 마음조차 텅 비어버릴 것 같아 그것조차 겁이 난다.

4.

다시 한 주가 시작됐다. 강의가 끝나자 수현이 내게 다가온다.

"아, 우산 돌려줘야지."

교무실에서 우산과 가방을 챙겨 나와 녀석에게 우산을 돌려주었다.

"고마웠어."

"고마우면 영화 보러가요."

뜻밖의 제안이 당황스러웠다. 좋다고 해야 할지, 거절을 해야 할지, 핑계를 대야 할지 구분을 못해 아무런 대답도 못한 채 일주일이 흘러가버렸는데, 녀석은 금요일 강의가 끝나자 예매한 영화 티켓을 흔들어 보였다.

"이 시간에?"

"내일 토요일인데 집에서 쉬면되죠. 어차피 데이트할 것도 아니잖아요."

녀석은 잠깐 주저하는 듯싶더니, 내 손목을 잡아끌었다. 보고 싶었던 영화였다. 토요일 오전에 태라가 시간이 안 된다고 하면 혼자서라도 보려 했던 영화였다.

금요일 늦은 밤, 멋진 녀석과 보고 싶었던 영화를 본다. 피로를 참기엔 충분한 일이었다. 하지만, 영화는 기대보다는 별로였다.

"음, 기대했던 것보다는 별로네요."

상영관을 나오며 먼저 말을 꺼낸 건 녀석이었다.

"하지만, 그래도 계속 기억날 거 같아요. 이 영화. 우리가 처음 함께 본 영화니까."

주책없이 녀석의 말에 가슴이 쿨렁한다.

"무슨 말이야?"

혹시나 녀석이 내 마음을 눈치챌까 두려워 일부러 퉁명스럽게 말을 한다.

"그냥, 그렇다구요. 왜 화난 것처럼 말해요?"

영화를 함께 본 이후, 녀석은 강의에 나타나지 않았다. 녀석이 앉았던 자리에 자꾸만 눈이 간다.

"너 말하는 게 완전 선수 같아. 취향이 아주 다이나믹한가 보구나. 너 이러고 다니는 거 부모님이 아시니?"

내가 너무 과민하게 굴었던가? 느닷없이 다가오는 녀석을 보며, 방망이질하는 가슴에 채찍질을 한다는 것이 이렇게 돼버렸다.

"제가 뭘요? 부모님께 말하진 않았지만 대강 알고 계실 거예요."

"우리가 함께 처음 본 영화라 기억에 남을 거라는 게 완전 작업 멘트잖아."

"작업 멘트 아니고, 그냥 진심인데."

나의 공격에도 뻔뻔하게 대꾸하는 녀석에게 난 할 말을 잃었었다. 그러고도 뻔뻔히 집에 바래다준다는 녀석을 뿌리치고 집으로 왔다.

처음 함께 본 영화라는 건, 두 번째, 세 번째도 함께 영화를 볼 수 있단 얘기다. 남녀가 함께 영화를 본다는 건, 연인이 아니라면, 나의 조악한 상상력으로는 달리 생각나는 관계가 없다.

녀석은 나에 대해 얼마쯤 알고 있는 거 같다. 주말에 데이트할 것도 아니라고 했다. 혹 내가 얼마 전 실연당한 걸 알고 장난치는 건가? 아무리 생각해도 그렇게 못된 녀석 같지는 않았다. 선영이는 내가 사람 보는 안목을 키워야 한다며 늘 구박하지만 말이다.

모성 결핍으로 인한 성격장애가 독특한 취향으로 나타나는

24

걸까? 녀석의 낯빛에서 그런 궁기는 느껴지지 않았다.

무슨 일이 있는 걸까? 수강생 카드를 찾아 전화를 걸려다가 그냥 둔다.

회화 반에 등록해 1, 2주 만에 안 나오는 사람은 꽤 많다. 별로 신경쓸 일이 아닌 것이다. 하지만, 우산을 씌워주고, 영화를 함께 보고 사라지는 남자는 없었다. 자꾸 녀석이 신경 쓰인다. 녀석이 내 말에 화가 나 혹 밀당을 하고 있는 거라면 녀석의 작전은 성공인 셈이다.

지루함을 안고도 시간은 흘러간다. 실연을 당하고도 흘러간 시간이니 이상한 일은 아니다. 일주일이 지났다. 학원 입구에 녀석이 고개를 푹 숙인 채 서 있었다. 반가움에 큰 소리로 녀석을 부를 뻔했다.

"왜 여기 있어?"

"나보니까 반갑죠?"

냉랭한 척 말했지만, 내가 녀석을 보고 반가워했다는 걸 녀석도 눈치 챘을 것이다.

"수업은 빠지고 뭐하는 거야?"

이내 선생의 위엄을 찾아보려 했지만, 목소리가 방정맞게 떨리고 있다.

"나, 안 궁금했어요? 난 궁금하던데."

내 떨리는 목소리가 녀석에게 전달되었는지 녀석의 표정엔 장난기가 가득하다. 어떻게 대꾸해야 할지 도대체 감을 못 잡겠다.

"전화라도 한 번 해주지. 난 전화번호도 모르는데."

혼잣말처럼 내뱉고 있지만, 녀석의 말속엔 진심으로 서운함이 묻어 있는 듯했다. 내가 잘못한 걸까? 녀석이 꽤나 서운해 하니 이런 생각마저 들었다. 이제라도 서운함을 달래주어야 하나. 그런 건 어떻게 하는 건지. 살면서 그런 걸 해본 적이 없는 것 같다.

"무슨 일 있었어?"

녀석의 표정에 장난기가 사라진다.

"가면서 얘기해요. 바래다 드릴게요. 생각보다 밤길이란 게 여자들한테는 위험한 거더라구요."

말릴 틈도 없이 녀석은 앞장서고 있었다. 늦은 시간인데도 버스는 만원이었고, 침묵하는 녀석에게 무슨 일이냐 캐묻기엔 적당하지 않은 장소였다. 버스에서 내려서도 녀석은 묵묵히 앞서 걷기만 했다.

일주일 만에 나타나서 집에 바래다준다니, 선영이에게 들은 연애 강의를 적용해보자면 저 녀석은 틀림없이 밀당의 고수일 것이다. 그런데도 난 녀석의 무거운 침묵에 압도당해 아무 말도 못 한 채 한 발 뒤에서 그를 졸졸 따라가고 있었다. 어느 새, 집 앞에 도착했다.

"여기야."

"아!"

녀석은 내가 사는 다세대 건물을 올려다보며 꽤나 감탄스런 표정을 짓는다. 감탄하기엔 턱도 없는 낡고 평범하기 그지없는 건물이다. 녀석이 어디서 어떻게 감탄의 요소를 찾아낸 건지 도무지 알 수가 없었다. 그저 젊은 피의 남다른 감성이려니 생각하고 넘겨버리는 수밖에.

"몇 층에 살아요?"

"3층."

"그래도 다행이다."

"뭐가?"

"아니에요. 들어가세요."

"무슨 일인지 말 안 했어."

녀석은 하지 않은 숙제가 생각난 듯, 그러나 여전히 그 숙제가 하기 싫은 표정으로 잠시 머뭇거리더니,

"친구 어머니가 돌아가셔서 내내 그곳에 있었어요."

녀석의 친구 어머니라면 한 오십 대 정도일까. 녀석과 같은 아들을 두고, 어찌 눈을 감았을까. 생면부지의 사람이라도 죽음의 소식은 사람의 간을 오그라들게 한다.

"어쩌다가?"

"사고로요."

어떤 사고일까 궁금하기도 했지만, 녀석이 말하고 싶지 않은 거 같아 더 이상은 묻지 않기로 했다.

"데려다줘서, 고마워."

"이젠 매일 바래다드릴게요."

"어?"

"쉬세요."

녀석은 비딱하게 인사를 하고, 돌아서서 걸어간다.

5.

눈을 뜨자마자, 녀석의 얼굴부터 떠올랐다.

녀석의 친구 어머니라는 여인은 어떤 사고를 당했던 것일까. 평소와는 사뭇 달랐던 녀석의 슬픈 표정이 내내 신경 쓰인다. 좋은 사고, 좋은 죽음이란 없겠지만, 녀석의 표정으로 보아 생각보다 끔찍한 일일지도 모르겠다는 추측만 해볼 뿐이다. 태어나는 것도 내 마음대로 못 했는데, 죽는 것이라도 내가 원하는 시기에 내가 원하는 방법으로 가면 좋으련만, 사람이 자기 뜻대로 할 수 있는 일이 생각보다 별로 없는 것 같다.

태라에게 전화가 왔다.

태라와 토요일에 만나는 게 꽤 오랜만이다. 할 일 없는 주말에 가끔 만나 맛집도 찾아가고, 영화도 보곤 했었다. 두 아이의 엄마인 영주를 주말에 불러내는 건 무리였고, 선영이가 가끔 끼는 경우도 있었지만, 선영이에게 애인이 없는 일은 아주 드문 일이어서 대부분은 태라와 함께였다. 그런데 한동안 나는 현성과, 태라는 승진 시험과 함께 주말을 보냈다.

"괜찮지?"

태라의 물음에, 얼마 전 친구들 앞에서 눈물범벅이 됐던 모습이 생각나 민망했다.

"어……"

"그럼, 괜찮아야지. 넌 뭐 두 달 만난 남자 때문에."

태라가 답답한 듯, 언성을 높이려다 그만둔다.

"세상에 남자는 많아. 그놈처럼 가난한 남자는 훨씬 많고."

현성이 내 곁에 있을 땐, 태라는 현성을 진솔하고 꽤 괜찮은 남자라고 말했었다. 그런데 내 곁을 떠나자 그저 흔한 가난한 놈이 되어버렸다.

태라가 원래 그렇게 까칠한 성격은 아니었다. 누구보다 더 다정하고 사랑스러웠던 태라가 이렇게 변한 건 나 역시 '그놈' 때문이라고 말하고 싶다.

스물아홉 살이 되던 해, 태라는 6년 동안 사귄 남자 친구와 헤어져야만 했다. 남자 친구가 태라 몰래 결혼을 했기 때문이다. 누구보다 그를 사랑했었고, 무엇 하나 빠질 것 없는 태라가 왜 이런 일을 당해야 하나 우리 모두 넋이 나갔었다.

미니홈피가 한창 유행하던 시절, 친구의 친구 미니홈피에 우연히 파도를 타고 들어간 태라는 거기에서 홈피 주인의 결혼사진을 보게 된다. 나도 머지않아 웨딩드레스를 입을 거라는 기대를 하며 사진들을 들여다보고 있었는데, 사진 속의 신랑은 태라의 남자친구였다.

당시 태라의 남자친구는 3년 전, 1년간 호주로 어학연수를 갔었다. 거기서 만난 여자라고 한다. 그 동안에도 태라는 늘 화상 채팅과 메일로 꼬박꼬박 사랑을 확인하며 굳건히 사랑을 지키고 있었다. 3년이란 시간이나 그놈은 양다리를 걸치고 있었는데 태라는 까맣게 모르고 있었던 것이다. 두 달 전 다녀온 해외 출장은 신혼여행이었다.

그놈은 결혼 사실을 태라에게 들키고도 뻔뻔하게 우리 관계가 달라진 것은 아무것도 없다고 했다고 한다. 태라는 그 여자를 찾아가 우리 관계가 더 오래된 사이라고 말하고도 싶었지만 소용없는 일이었다. 그들은 이미 결혼까지 했으니.

태라는 다니던 직장에 사표를 냈다. 그리고 우리에게 당분간 찾지 말아달라는 메시지만 남기고는 자취를 감추었다. 태라를 기다리는 것 외에 우리가 할 수 있는 건 없었다. 태라가 혹시 나쁜 생각이라도 할까봐 마음 졸이던 어느 날, 태라는 우리 곁에 돌아왔다.

석 달이 지났다. 입고 있던 옷들은 헐렁했고, 피부는 까맣게 타 있었으며, 담배를 피워 물고 있었다. 예전보다 더 근사해 보였다.

선영이는 호들갑을 떨며 태라에게 맞는 옷을 사 주겠다고 했지만, 태라는 귀찮다고 했다. 그리고 다시 지금 다니고 있는 회사에 취직했고, 일벌레가 되었고, 그 후로 다시 남자를 깊이 사귀지 않았다.

지난 10년 간 태라가 전혀 남자를 만나지 않은 것은 아니지만 태라에게 그들은 애인이나 남자친구는 아니었다.

그런 태라에게 매력적인 남자(혹 사랑에 빠질 것 같은 남자)가 다가오기라도 하면 태라는 어떻게든 남자 하나를 더 구해서 양다리를 걸쳤다. 다시는 사랑 같은 건 하지 않겠다는 태라의 강력한 의지가 보이는 행동이다.

사랑 따위는 하지 않을 것 같은 냉철한 여자는 같은 여자가 보기엔 너무나 멋있게 보인다. 그러나 이젠 태라가 과거의 아픔에서 벗어나 누군가를 사랑하며 행복해졌으면 좋겠다.

"그런 놈은 빨리 잊는 게 정신 건강에 좋아."

괜찮다는 나의 말이 거짓이란 걸 태라는 이미 알고 있다. 태라의 말처럼 나도 빨리 잊고 싶다. 그때의 태라처럼 나도 사표를 내고 잠수를 타며 그를 잊는 데 집중(?)해보고도 싶다. 그러나 6년 사랑의 실패에 3개월이란 시간을 낭비(?)한 건 어느 정도 정당성을 인정할 수 있겠지만, 2개월 사랑의 실패에 3개월이란 시간을 허비하려 한다면 누가 봐도 비웃을 일이다. 게다가 지금의 난 사표를 내던지고 비움의 시간을 가진 후 재취업에 성공할 만큼 젊지도 않다.

지금 생각하면 그때 태라는 그래도 젊었었다. 물론 태라는 청춘을 모두 바친 사랑이 끝났을 때, 젊음도 인생도 끝났다고 생각했었지만 말이다. 다시 10년 후엔 지금을 젊었었다고 바라보게 될까.

그래도 다행인 건, 수현의 등장으로 요즘 난 현성의 빈자리를 덜 느끼고 있는 것 같다.

녀석의 이야기를 꺼내려 하는데, 태라의 휴대폰이 울린다. 번호를 확인한 태라는 냉담한 표정으로 전화를 끊어버린다. 주말에도 대출 광고 전화가 오나 했는데, 이어지는 메시지 소리가 요란한 게, 스팸 전화는 아닌 모양이다.

"뭔데?"

"웬 꼬마가 아주 귀찮게 구는구나."

무려 태라보다 아홉 살이나 연하란다.

평소 태라는 자신이 만나는 남자에게 관심을 갖지 말라고 우리에게 엄포를 놓았었다. 언젠가는 끝날 관계고 다 그렇고 그런 놈들이라며.

태라의 바람대로 태라의 남자에게 관심을 갖지 않으려 노력했었는데, 아홉 살 연하라는 말에 나도 모르게 태라에게 이것저것 물으며 태라를 귀찮게 했다.

같은 건물에 근무하며 오래전부터 안면이 있었는데, 우연히 같은 장소에서 회식을 하다가 말을 트게 됐다고 한다. 누구든 취중이면 좀 허술해지는 법이다. 다음 날부터 연하남은 태라를 졸졸 따라다녔고, 몇 달 전에는 결혼하자는 말까지 했다고 한다. 그때 태라는 결별을 선언하고 승진 공부에만 매달렸는데, 그럼에도 불구하고 그 남자는 두 달 넘게 계속 연락을 해온다고 한다.

태라는 이미 거절했다고 하지만 아홉 살 연하의 남자가 구애를 한다는 것만으로 태라가 대단해 보였다.

"결혼하자 이런 말을 장난으로 하진 않을 거 아냐?"

"무슨 낳지도 않은 애 키울 일 있냐."

10대의 남자가 연상의 여자를 좋아하는 건 지극히 당연히 일이지만, 2,30대 남자가 연상의 여자를 좋아하는 건 다른 꿍꿍이가 있는 거라고, 그 첫 번째가 돈이라고, 이것도 언젠가 선영이가 하는 연애 강의 속에 포함되어 있었다. 그 외에도 남자가 연상의 여자를 만났을 때 누리는 혜택은 아주 많다고 했다. 태라도 선영이의 말에 동의하고 있는 것 같았다.

아홉 살이나 어린 남자는 태라가 사랑할 수 있는 가능성에서 완전히 배제되는 거였구나. 태라에게 수현의 얘기를 했다가는 태라는 녀석을 혼내러 학원 앞으로 찾아올지도 모르겠다.

6.

녀석은 매일 밤 학원 앞에 나타났다. 다시 예전처럼 조금씩 유쾌해졌고, 말수도 점점 많아졌다. 녀석이 들려주는 이야기는 주로 어린 시절이야기나 친구들의 이야기였다.

고등학교 국어 선생님인 아버지, 초등학교 교사인 어머니 사이에 삼 남매 중 늦둥이로, 일곱 살 많은 누나와 다섯 살 많은 형이 있었다. 예상했던 대로 그리 유복한 가정도 그렇다고 불우한 가정도 아닌 환경에서 자랐다.

여섯 살 때 엄마가 무척 아끼는 어항을 깨뜨렸는데 형이 대신 나서서 혼났다는 이야기. 그 후로는 형의 말이라면 무조건 잘 듣는다고 한다.

일곱 살 땐 들 고양이를 따라가다가 길을 잃었는데, 낯선 아줌마의 손에 이끌려 집에 돌아오니, 누나가 자기를 보고 펑펑 울었다는 이야기. 그때 엄마에게 처음이자 마지막으로 매를 맞은 후에 엄마는 고양이를 사 주셨다고 한다.

아버지가 낚시를 좋아하셔서 시간만 나면 형과 자신을 낚시터에 데리고 가셨는데, 형이 지루해하니 아버지가 무척 실망하셔서, 자기는 낚시를 좋아하는 척했다는 이야기. 녀석은 낚시를 좋아하는 척하다가 낚시가 정말 좋아졌다고 한다.

공과 대학엔 여자가 별로 없어서 친구들 중엔 모태 솔로가 많단다. 친구가 짝사랑하는 여자에게 고백하다가 차여서, 친구들이 위로한답시고 다 함께 술을 마시고 그녀에게 애원을 하다가 파출소에서 밤을 보낸 이야기. 결국 친구의 짝사랑은 이루어졌다고 한다.

따뜻한 가정에서 사랑받고 자란 아이다. 건전한 이성관을 가지고 있고, 애정 결핍도 아니다.

"지금 학교 축제 중이예요. 내일 같이 놀러 안 갈래요?"
금요일 밤, 집에 바래다주는 길, 녀석이 말을 건넨다.
"응?"
"미국에서 대학 다녔다면서요. 한국 대학 축제는 못 봤을 거 같아서."

사실 대학을 다닌 것도 아니고 입학만 한 건데, 그런 이야기를 한 적이 없는 거 같은데, 녀석이 어찌 알았는지 의아했다.

"아, 학원에서 들었어요."

나의 놀라는 표정이 녀석을 당황하게 했던 모양이다. 난 녀석이 행여 어느 대학을 나왔냐고 물을까 싶어서 괜히 간이 오그라들었다. 우리나라 사람들 대부분은 미국의 대학 이름 한 열 개쯤은 술술 읊어댈 것이다. 그리고 미국에 있는 대학을 다 알고 있는 체한다. 하지만, 미국엔 한국보다 훨씬 더 많은 대학이 존재한다. 한국 사람들이 알지 못하는 대학이라고 해서 그들이 모두 삼류는 아니다. 하지만 난 진짜 삼류 대학에 입학했었다. 그것도 입학만 했을 뿐 제대로 대학을 다닌 것도 아니었다. 그런데 왜 지금 녀석 앞에서 그게 부끄러운 걸까. 다행히 녀석은 나에게 그런 건 물어보진 않는다.

"뭐, 그래봐야 술판이지만 그래도 보여주고 싶어요. 내가 다니는 학교요."

7.

 어수선한 분위기지만, 그 안에 있는 젊음들만으로 나는 들뜨기에 충분했다. 사이사이 벌여놓은 간이 주막 사이로 삼삼오오 떼를 지어 몰려다니는 여학생들, 다정함을 내기라도 하듯이 어깨를 안고, 손을 잡고 지나가는 연인들, 시끌시끌한 주막 안에 술에 취한 시꺼먼 남학생들이 이들을 삐딱하게 바라본다.

 뉴스에서 매일같이 청년 실업난이 심각하다며, 청년들의 3포, 4포를 넘어 N포를 얘기하는데, 이곳의 분위기는 그런 얘기들과는 상관없는 것처럼 느껴졌다. 이곳은 N포로부터 안전한 곳인 걸까.

 사람에 부딪쳐 쉽게 걸음도 떼어지지 않는다. 녀석은 자꾸 처지는 나를 답답한 듯 바라보더니, 내 손을 잡아끈다. 녀석의 손에 의지해 걷는 걸음은 한결 더 수월하다.

이내 녀석이 무언가 발견한 듯, 손을 잡아끈다.

"어, 저기다."

"뭐?"

"빨리 와 봐요. 글쎄."

찾아간 곳은 미대생들이 초상화를 그리고 있는 곳이었다.

"여긴 왜?"

"그림으로 남겨두고 싶어서요."

녀석과 나는 한 30분간 그림처럼 앉아 있어야 했다. 내 어깨에 올라앉은 녀석의 손이 어색하고 불편했지만 녀석의 손끝에서 전해지는 온기는 불편함을 참기에 충분한 것이었다.

멀리서 음악 소리가 크게 들린다.

"아, 오늘 몽니 온다고 했는데, 가볼래요?"

내가 대답도 하기 전에 녀석은 내 손을 잡고 어디론가 가고 있다. 그렇다면 앞의 말은 이미 질문이 아니었다. 어쩌면 이곳에 나를 초대하고 녀석의 머릿속에 이미 프로그램이 다 짜여 있을지도 모른다는 생각을 했다. 게다가 내가 좋아하는 그룹 몽니. 녀석이 그것까지 알고 있었을까? 영작을 할 때, 몽니를 예로 든 적이 있다. 아니다. 이거까진 우연일 거다.

공연장은 이미 많은 사람들로 꽉 차 있었다. 그냥 멀리서 음악 소리만 들어야 할 거 같다. 그러나 녀석은 북적이는 사람들 틈으로 계속해서 나를 잡아끈다.

"어딜 가는 거야? 자리도 없는데."

"아, 와보세요."

이윽고 앞줄까지 도달한 녀석은 자리에 앉아 있는 남학생 어깨를 툭툭 친다.

"어, 형. 왜 이제 와요. 어, 나 낮부터…… 더위 먹은 거 같아. 주점에도 가봐야 하는데."

"어, 미안. 수고했다. 자식."

"형, 한 번 거하게 쏴야 돼요."

"알았어. 임마. 어서 가봐."

녀석을 형이라 부르는 남학생은 나에게 어색한 눈인사를 건네고, 자리를 내어주고 사라진다.

"앉으세요."

"자리를 맡아놓은 거야?"

녀석은 대답대신 흡족한 미소를 짓는다.

"빨리 앉기나 해요. 몽니, 좋아하잖아요."

녀석은 알고 있었다. 우리 또래 남자라면 이럴 때 콘서트홀 R석 티켓을 끊어놓고 온갖 생색을 낼 것이다. 그런데 녀석은 내게 공연을 보여주기 위해 후배까지 동원하는 분주함을 보였다. 녀석의 행동을 이해할 순 없지만 감동이었다.

난 그토록 보고 싶었던 몽니의 춤과 노래보다 녀석의 숨소리와 땀 냄새에 마음을 빼앗기고 있었다.

"이제 주막에 가 봐요."

공연의 열기가 채 식기도 전에 녀석은 나를 재우쳤다.

"거길 내가 가도 될까?"

"무슨 말이에요. 그래도 축제에 왔으면, 주막에서 한잔하고 가야죠."

녀석은 또, 손을 잡아끈다. 녀석에게 손목을 잡히는 게 점점 익숙해져 간다.

주막에 들어오니 시꺼먼 남학생들 투성이다. 녀석이 친구들과 인사를 나누는 동안, 난 저 녀석들이 해주는 부침개를 안주 삼아 술을 마실 수나 있을까를 걱정하고 있었다. 이 근사한 녀석들이 대부분 모태 솔로라니, 전에 녀석이 했던 말이 생각나 웃음이 나오려는 걸 억지로 참고 있었다. 좀 전에 공연장에서 보았던 녀석도 있다. 그는 이제 구면이라는 듯, 조금은 더 밝게 인사를 건넨다. 모두가 내가 누군지 궁금한 표정이다.

"같이 오신 이 미모의 여성분은 누구신가?"

그중 오지랖 넓게 생긴 한 녀석이 녀석에게 묻는다. 미모의 여성분이란, 단지 할 말이 없어 가져다 붙인 쓸데없는 미사여구란 것을 잘 알고 있다. 내 또래 남자들에게도 그렇지만, 이 아이들에게 내가 미모의 여성으로 보일 리는 절대 없으니까.

"음……"

녀석이 뜸을 들인다. 나도 궁금해진다. 그가 나를 어떻게 소개할지.

"나의 좋은, 유일한, 사부이자, 정신적 지주."

무슨 말인지 모르겠다. 난 그에게 무술 같은 건 가르친 적이 없다. 인생의 선배랍시고 꼰대 같은 조언을 한 적도 없다. 그런데, 녀석들은 알아들었다는 듯이 나에게 반갑게 인사를 건넨다. 녀석들만의 언어가 있는 모양이다.

녀석들이 만들어준 해물파전은 모양은 우스웠지만 맛은 그런대로 괜찮았다. 학생의 삼촌이 운영하는 양조장에서 직접 공수해왔다는 막걸리는 흔히 먹는 막걸리와 다르게 사카린 맛이 적어 술술 잘 넘어갔다. 조금은 취해도 괜찮을 거 같은 밤이다.

남학생만 우글대는 사이에서 예쁘장한 여학생 하나가 수현의 곁을 맴돈다.

그 아인 시키지도 않았는데 냅킨을 가져다주거나, 더 필요한 게 없냐는 둥 말을 붙이곤 했다. 그리고 나를 흘끔거리기도 한다. 공대에 많지 않은 여학생, 저 아이는 마음만 먹으면 이 많은 남자들 중 하나를 자기 짝으로 만들 수도 있겠구나 생각하니, 부러움을 넘어 묘한 질투심마저 생긴다. 그런데 그 아이가 찜한 대상은 하고 많은 남자들 중에 녀석인가 보다. 저런 계집아이에겐 녀석도 오빠구나. 문득 도둑맞아버린 것 같은 내 청춘에 대한 서러움에 자꾸만 술잔을 비웠다.

손님들이 좀 빠져나가고 한가해질 무렵, 내 또래로 보이는 미끈한 남자 하나가 휘장을 걷고 들어오자, 갑자기 떠들썩해진다. 녀석들이 모두 아는, 또 반가운 체하는 그 남자는 아마 교수일 거다. 수현도 내게 양해를 구하고, 그 남자 앞으로 가서 인사를 한다.

구석에 앉은 그 남자는 막걸리 한 사발에 동그랑땡 두 개를 집어 먹고, 10만 원짜리 수표를 건넨다. 그렇지 녀석들이 널 반가워한 건 그 수표 때문이지 네가 아니라고.

밖으로 나가려던 남자의 시선이 내게 잠시 멈춘다. 놀라는 것도 같다. 내가 대학 축제 주점에 앉아 있는 게 그렇게 놀랄 일이란 말인가. 그 시선이 불쾌하다. 그래 넌 좋겠다. 이곳에 드나드는 데 아무 거리낌 없는 교수라서. 괜히 또 한 잔을 비운다.

내 헛된 감정들을 주체하지 못하고 홀짝거린 막걸리는 예상보다 나를 무겁게 짓눌렀다. 술기운을 빌려 방방 뛰어다니거나, 시원하게 오바이트를 해버리고 싶은데, 녀석 앞이라 그러지도 못하고, 힘겹게 집을 향해 걷는다.

그래도 5월의 밤공기는 녀석처럼 상쾌하다.

"아까 그 여학생 말야."

어이없게도 난 그 여학생을 계속 생각하고 있다가, 집에 다다를 무렵에야 어렵게 녀석에게 말을 꺼냈다.

"누구요?"

"아까 주점에 있던 그 여학생 말이야."

"아, 민지요."

"꽤 예쁘고 상냥한 친구 같던데?"

"뭐, 다 귀엽다고들 해요. 우리 과에 워낙 여자가 없으니까."

"수현이를 좋아하는 것 같던데 관심 없어?"

"그게 왜 궁금하신데요?"

예상 밖의 반문이다. 그러게 난 왜 녀석의 마음이 궁금한 걸
까? 아마 내 얼굴이 발개졌을 거다. 이미 술이 오를 대로 올라 있
고, 지금이 밤이라는 건 참 다행이다. 더욱 다행인 것은 녀석이 나
의 얼굴을 살피진 않는다는 것이다.

"저 곧 군대 가야 돼요. 이미 늦은 걸요."

군대를 가야해서 여자 친구를 사귀지 않는다?

"아, 저 군대 가면 면회 와야 돼요."

이건 또 뭐지. 민지같이 어리고 예쁜 친구는 홀로 외로운 시간
을 보내면 안 되고, 나는 저 면회나 다니면서 늙으란 말인가. 하루
종일 구름 속을 날던 마음이 진흙탕에 쳐 박히는 것 같았다.

"다 왔네. 어서 가."

"아직 좀 남았잖아요."

8.

　그림은 한 장뿐이라는 게 조금 아쉽다. 어제 그림을 복사해서 수현이 가져가고 원본은 내가 가지고 왔다. 우리의 관계를 파악하지 못한 예비 화가는 나를 젊게 그림으로써 마치 잘 어울리는 연인처럼 만들어놓았다. 이걸 걸어두어야 하나, 말아야 하나 망설여진다. 못을 박기도 어려워 그냥 책상 한쪽에 세워두었다.

　그림 속의 여자처럼 내가 젊고 녀석과 잘 어울려서, 상큼하고 아기자기한 연애를 거리낌 없이 할 수 있다면. 나에겐 왜 젊음의 추억거리가 될 만한 연애 사건 하나도 없었던 걸까. 내 젊은 날의 한숨을 하루 종일 날 즐겁게 해주기 위해 분주했던 아이에게 화를 내는 것으로 끝내버렸다. 녀석에게 괜히 미안해진다. 그렇다고 전화를 해 사과하기도 어색한 상황이다. 이러지도 저러지도 못하고 있는데 영주에게 전화가 온다. 근처에 와 있는데 집에 들르겠다고 한다. 가끔씩 친구들이 예고 없이 찾아 올 때는 쉽게 말하지 못할 고민거리를 안고 온다.

영주의 아들은 신의 축복이다. 어렸을 땐 그저 아빠의 잘난 외모를 닮았거니 그렇게 생각했는데, 좀 커서 보니 엄마의 머리까지 닮아 있었다.

대학을 졸업하던 해 영주는 결혼을 했다. 신랑은 대학 시절 같이 고시 준비를 하던 동기생으로 둘은 원래 친구 사이였다. 진호는 고시생 패션으로도 폼이 나는 미남으로 여학생들에게 인기가 많은 남자였다.

일찍부터 진호를 마음에 두었던 영주는 진호의 리포트를 도맡으며 진호와 둘도 없는 단짝이 되었고, 친구라는 명목으로 진호 주변에 나타나는 여자들을 모두 물리쳤다. 결국 진호 곁에 남은 건 영주뿐이었다. 대학을 졸업하던 해 영주는 사법고시 1차 시험에 합격했지만, 진호는 낙방했다.

영주의 축하 파티인지, 진호를 위한 위로 자리였는지 둘은 정신을 잃을 만큼 술을 마셨다. 함께 밤을 보냈고, 영주는 임신을 했다. 이런 기회를 놓칠세라 영주는 결혼식을 밀어붙였고, 진호는 처자식을 위해 고시를 포기하고 취업 전선에 뛰어들어야 했다. 진호는 갑자기 생긴 처자식 때문에 고시를 포기해야 했지만, 처자식으로 인해 생긴 굴레가 적성에 맞지 않는 고시 공부를 강요당했던 것보다 가볍다고 했다. 아이가 태어남으로 인해 영주는 진호와 결혼할 수 있었고, 진호는 고시에서 해방될 수 있었으니 누구도 밑지는 결혼이 아니었다.

영주는 아이가 자라면 곧 다시 고시에 도전하려고 했지만, 연년생으로 아이가 생겨버렸다. 아이들의 재롱이 느는 것만큼 영주의 꿈도 멀어져 갔다. 그래도 잘 살고 있는 듯 보였다. 5년 전 그 사건이 일어나기 전까지는.

진호는 직장 동료들과 회식 자리에서 자신의 결혼에 대해 '하룻밤 실수가 낳은 대참사'라는 농을 자주 했다. 진호를 마음에 두었던 여직원이 진호에게 접근해 꽤 심각한 사이로 발전했었다. 그 여직원은 영주를 만만히 여겼던지 영주에게 자신들의 관계를 직접 알려왔다. 셋째 아이를 임신 중이던 영주는 그 충격으로 유산을 했다.

병원에 찾아간 우리 앞에서 영주는 당장 이혼하겠다며 이를 악물었다.우리는 일단 몸부터 추스르라며 영주를 말렸다. 그게 우리 방식으로 영주의 남은 자존심을 지켜주는 방법이었다. 영주는 그럼에도 불구하고 남편을 사랑하고 있었고, 절대 이혼 같은 건 이전에 생각해보지 않은 아이였으니까.

병원을 나오면서 우리는 영주를 위해 뭔가는 해야 할 것 같았다. 선영이는 당장 '그년'을 찾아가 머리털을 다 뽑아놓고 오자고 했지만, 태라는 '그년'에게 '행복 추구권 방해'로 위자료 청구 소송을 하자고 했다. 영주는 '그년'에게서 위자료 2천만 원을 받아내었고, 얼마 후, '그년'은 회사도 그만두었다고 한다.

우리는 승리의 전사나 된 듯, 잠깐 통쾌함을 느꼈지만, 왠지 뒷맛은 씁쓸해졌다.

"위자료를 더 받았어야 하나."

선영이 아쉬움에 말했지만, 우리의 씁쓸함이 그게 아니란 건 모두가 알고 있었다. 표면적으로 이겼다고 하지만, 애초에 하지 않아도 될 싸움이었고, 상처로 얼룩진 승리(?)였다.

'그년'이 사라진 후에도 둘의 사이가 예전과 같을 리는 없었다. 방 세 칸짜리 빌라에 살던 영주는 아이들 학원을 핑계 삼아 방 두 칸짜리 아파트로 이사를 했고, 커가는 남매에게 한 방을 쓰게 할 수 없다고 하며, 방 두 칸을 남탕, 여탕으로 만들며 각방을 쓰기 시작했다. '그년'도 '그년'이지만, 자신의 결혼이 '하룻밤 실수가 나은 대참사'라니, 영주에게는 진호가 결혼 생활을 그렇게 생각하고 있었다는 것이 더 큰 충격이었다. 물론 진호가 영주를 열렬히 사랑해서 결혼한 게 아니라는 것은 영주도 알고 있다. 둘은 친구였고, 사랑은 영주 혼자 했는지도 모르겠다. 하지만 진호가 이 결혼을 그렇게 끔찍하게 생각한다면 서로를 위해서 헤어지는 게 맞는 건지도 모르겠다고 영주는 생각했다.

영주는 2년을 고민한 끝에 진호에게 이혼 얘기를 꺼냈다.

진호는 결혼 후 처음으로 영주 앞에서 울었다. 처자식을 책임져야 하는 가장으로서의 삶의 무게가 무거웠던 거지 영주와의 결혼을 후회한 적은 없다고 했다. 4인 가족이 생활하기엔 너무나 저렴한 자신의 월급이 딱 자신의 값어치인가 하고 초라함을 느낄 때, 승진 시험에도 물 먹고 마음이 더 추락했을 때, '그년'이 추락한 진호의 마음에 용기를 주었다고 한다.

고시 공부에 힘들어하는 진호에게 영주가 그랬던 것처럼 말이다. 자신은 사랑받는 것에 익숙했지 사랑 같은 것 알지도 못하고, 할 줄도 모르는 인간이라며 진호는 처음으로 무너지는 마음을 영주에게 고백했다.

결혼 후 아이들 키우는 재미에 푹 빠져 살던 영주는 진호의 고백을 듣고, 약한 모습을 보이는 진호를 질책하기보다 그동안 남편의 마음을 헤아리지 못한 자신을 반성했다. 그리고 진호가 자신과의 결혼을 후회하는 게 아니라는 것에 충분히 만족한다고 했다.

얼마 후, 영주는 다시 방 세 개짜리 아파트로 이사해 공부방을 열었다. 학교 때부터 공부를 잘했던 영주는 가르치는 재주도 숨어 있었던지 영주의 공부방은 비교적 수월하게 자리를 잡아갔다. 게다가 공부 잘하는 아들의 존재가 시너지를 발휘하며,

3년이 지난 지금은 동네에서 꽤 이름을 떨치고 있었다. 그리고 이제 영주의 꿈은 아들에게 있는 듯했다.

영주는 장보따리를 두 개 들고 들어온다. 하나는 영주 꺼 하나는 내 것이다.

"그냥 오지. 이런 건 뭐 하러 사와."

"먹으라고 사오지. 먹을 건데."

장을 보러 나왔다가 문득 부아가 치밀어 말하지 않고는 견딜 수 없는 어젯밤의 일을 얘기

"커피 줄까?"

"싫어. 난 물."

영주에게 물 잔을 건네고, 커피를 내리며 영주의 이야기를 듣는다.

"며칠 전에 보니 그 인간 차 안에 S화장품 쇼핑백이 있는 거야. 난 당연히 내 건 줄 알았지. 이 인간이 이제 철드나보다. 이제야 내 소중함을 알아가는구나. 어제가 우리 결혼기념일이잖아. 벌써 선물을 준비해놓다니 대견하기도 하고."

화장품의 주인은 영주가 아니었나보다. '설마 또?'냐는 방정맞은 생각을 차마 입 밖으로 내진 못하며, 커피 잔을 들고 와 영주 옆에 앉았다.

영주는 물 잔을 단숨에 다 비우고도 속이 타는지 한숨을 크

게 몰아쉬었다.

"어제 회식이 있다며 늦는다는 거야. 그래도 참았어. 선물은 있으니까. 근데, 밤늦게 술이 떡이 돼서 왔더라. 그래도 참았어. 술 취한 사람한테 선물 달라고 하겠니?"

영주는 계속해서 자신의 참을성을 강조하고 있다.

"아침에 늦었다고 헐레벌떡 뛰어나가는데 주차장까지 따라 나갔지. 근데, 그 쇼핑백이 없는 거야."

역시 그거였구나.

"온갖 불길한 상상을 다 하다가 도저히 부아가 나서 참을 수가 있어야지. 만약에 또 바람난 거라면 나 정말 안 살려구. 나 물한 잔만 더 줘."

영주의 말에 벌떡 일어나 물을 대령했다. 잔뜩 화가 나 있는 영주에게 압도된 채 다음 이야기가 궁금하기도 했던 모양이다.

"나, 너 차에 쇼핑백 봤다. 그거 뭐냐 물었지. 내 꺼 아니래. 상사 승진 선물이래. 결혼기념일은 생각도 안하고 있더라. 참."

"그 말을 못 믿는 거야?"

"아니. 그런 거 같아. 그 상사라는 여자, 우리보다 어리대. 여자 상관 밑에서 굽신 거려야 하는 자기 심정이 어떤 건 줄 아냐고 되레 큰 소리 더라구."

"그런데, 뭐가 문제야?"

"도대체 얼마나 잘난 년이길래. 나, S화장품 한 번도 써본 적 없다. 그게 좀 비싸니?"

외도의 상대이든 아니든, 남편이 선물을 하는 여자는 일단 '년'이 된다. 영주의 말을 듣고 보니, 영주가 속에 불이 난 이유도 이해가 된다. 게다가 우리 중에서 제일 똑똑했던, 아니 고교 시절 영주의 성적은 전교에서 열 손가락 안에 들었고, 명문대 법학과에 당당히 입학. 사법고시 1차 시험도 한 번에 패스했던 영주 아니었던가.

영주에게 잘못이 있다면, 공부보다 일보다 사랑을 선택한 것이었다.

"직장 생활이 얼마나 전쟁 같은데 한가하게 결혼기념일 타령이냐며 면박을 주는데. 도대체 뭘 위해 사는 건지. 마누라 위해 한 번도 못 사주는 화장품을 직장 상사에게 바쳐야 하는 내 남편도 불쌍하고, 그 마누라인 나도 불쌍하고."

그 사랑은 생계를 향한 전쟁터 안에서 잘 가꿔지고 있지 않는 것인가. 씁쓸해진다.

이 시대 한쪽에선 어떤 여자는, 저보다 나이 많은 남자 부하 직원들을 부리며 호령하고 그에게 아부하지 않으면 살아남을 수 없도록 그렇게 살아가나보다. 진호의 직장 상사라는 '그년'은 결혼은 했을까? 결혼을 안 했다면 애인은 있을까?

얼굴도 이름도 알지 못하는 '그년'이지만, 아마, 결혼도 못 했고, 애인도 없을 거라 생각하기로 했다. 하나를 가지면 하나는 잃어야 하는 게 우리 여자들의 삶일 거라고, 그래야 그중 아무것도 가지지 못한 나는, 세상을 조금은 공평하다고 여길 수 있을 거 같다. 그러나 '그년'에겐 분명 멋진 애인도 있을 것이다.

"어쩌겠어. 그럴만한 이유가 있으니까 했겠지."

고작 할 수 있는 위로가 그 정도뿐이다. 같이 화를 낼 일도 아니고, 더 길게 얘기해봤자 영주도 나도 비참할 뿐이다.

"그래도 말이라도 하니 속이 좀 가라앉는 것 같네."

내가 한 역할은 별로 없다. 조용히 영주의 얘기를 듣고 윗사람에게 아부해서 살아남아야 하는 우리 세대의 비참함에 같이 잠시 우울해지는 것 뿐.

"그 사람은 정말 연락 없는 거야?"

"누구? 아……"

영주가 이제 마음이 진정됐나보다. 현성의 이야기를 하는 모양인데, 요 며칠 난 현성을 아주 잊고 있었다. 그 자리는 이젠 모두 수현이 채우고 있었다. 이렇게 망각이 빠르니, 태라처럼 독하지도 못하고, 맨날 차이고 상처받기를 반복하며 사나보다. 바보 같다.

"끝났다니까."

"그래도 그렇지. 그렇게 쉽게."

여태껏 단 한 사람을 사랑하며 사는 영주에게는 쉬운 이별이 도무지 이해가 안 되는 모양이다. 영주는 말을 이으려다 책상

위의 그림을 발견하곤 흥미로운 표정을 짓는다.

"어, 이거 뭐야?"

"별 거 아니야."

영주가 그림을 보는 게 왠지 쑥스럽다.

"잘 생겼다. 누군데?"

"그림이니까 그렇지. 그냥, 학생."

이라고 말했지만, 난 영주에게 수현이 얼마나 근사한지, 요즘 나에게 어떤 일이 일어나고 있는지 말하고 싶은 걸 꾹꾹 참는 중이었다. 조금 전 들은 영주의 고민과 너무 차원이 다른 이야기인 것 같아서다. 같은 나이를 사는데도 마치 다른 세계를 살고 있는 것 같았다.

"그렇지? 아이고, 뉘 집 아들인지 우리 아들만큼이나 훤하네."

영주는 녀석의 그림을 보며, 아들을 떠올리는구나. 영주의 아들은 중3이다. 작년에 이미 아빠의 키를 뛰어넘었으니, 신체로만 본다면 영주의 아들과 녀석이 달리 보일 것도 없다. 영주에게 녀석에 대해 말하지 않길 잘 했다는 생각이 들었다.

"아들은 계속 공부 잘하지?"

별로 궁금하지 않았지만, 지금 적당히 화제를 바꿀 만한 내용이 생각나지 않아 물었는데 영주의 얼굴에 금방 화색이 돈다.

"그럼, 수학경시대회에서 은상 탔잖아. 뭐, 금상이 아닌 게 조금 아깝긴 하지만, 워낙 쟁쟁한 대회니까."

도대체 수학경시대회란 왜 하는 거며, 그 수상이 무얼 의미하는지도 모르지만, 영주가 저렇게 좋아하는 걸 보니 대단한 것인가 보다.

"축하해."

"아이고, 축하는 무슨."

이렇게 말하면서도 영주의 입가엔 웃음이 가시질 않았다.

"나, 남편 직장 부부 동반 모임 가면, 쥐 죽은 듯이 있다가 오곤 하는데, 학부모 모임 나가면 안 그런다. 그냥 가만히 있어도 날 부러워하는 눈빛이 막 느껴지고, 공부는 어떻게 시키냐, 어느 학원 보내냐. 심지어 우리 아들 뭐 먹이는지까지 물어본다니까. 가만히 있으려고 해도 묻는 말, 대답해 주기도 바빠. 난 솔직히 다 말하는데 내 말 믿지도 않는다니까. 나 우리 아들은 반드시 판사 만들어서 지 애비나 나처럼 더러운 꼴 안당하고 살게 할 거야."

영주가 자랑스레 말했던 수학경시대회와 미래의 판사와 무슨 연관이 있는 건진 잘 모르겠지만 그래도 영주에겐 새로운 희망이란 게 있다. 영주의 사랑이 잘 가꿔지고 키워지고 있는가에 대한 의심은 거두기로 했다.

9.

　이젠 지칠 때도 된 것 같은데, 수현은 계속 나를 집에 바래다 주었다. 집 앞까지 걸으며 녀석은 학교에서 있었던 시시콜콜한 일들을 잘도 얘기한다. 이젠 녀석의 수업 시간표도 외우겠다.

　"민지가 묻던데요. 같이 오신 분 누구냐고."

　축제에 갔던 날 밤, 터무니없이 화를 냈던 일을 상기시키고 있다. 민지라는 아이가 진짜 그렇게 물었을 지도 모르지만, 녀석의 말이 나를 놀리는 것만 같다.

　이젠 녀석에게 쓸데없이 화를 내는 일은 하지 말아야겠다. 호의를 순수하게 받아들이지 못하는 나도 어쩌면 문제가 있는 건지도 모르겠다. 세상의 모든 남과 여가 꼭 연인이어야 하는 건 아니니까.

"너 수학경시대회 나가본 적 있니?"

집 앞에 다다랐을 무렵 난 뜬금없는 질문을 던졌다.

"고등학교 때 금상 타서 집안 잔치 했죠. 그것 덕분에 대학도 비교적 수월하게 들어왔구요. 그때 부모님 동료 분들이 한턱 쏘라고 하시는 통에 기둥뿌리 뽑히겠다고 비명을 지르셨는걸요."

녀석도 생각하며 흐뭇해한다. 게다가 녀석은 영주가 못내 아쉬워한 금상이란다. 내가 녀석을 영주의 아들과 비교하고 있단 말인가. 대견한 마음에 녀석을 얼싸안고 등을 두드릴 뻔했다. 그런 행동을 하기 전에 이성이 돌아온 게 다행이라 여기며 웃음이 터졌다.

"뭐가 그렇게 재밌어요?"

"아니야."

웃음이 멈추지 않아 겨우 대답을 했는데, 이번엔 녀석이 좀 언짢은 표정이다.

"부모님들은 거의 다 그렇던데요 뭐. 자식 성적에 웃고 울고. 뭐 그렇게 웃긴 일 아니거든요."

"아니, 그게 아니구."

녀석을 언짢게 한 것 같아 솔직히 고백을 하려는데,

"아, 나 배고파요. 라면 끓여줘요."

녀석의 입에서 전혀 예상하지 못한 말을 들었다.

녀석에게 수학경시대회는 왜 물어봤을까, 녀석에게 무얼 더
얻고 싶어서. 나를 빛나게 해줄 무언가가 나 자신에겐 아무것도
없기에 그 무언가를 녀석에게라도 찾고 싶었던 건 아닐까. 나이
와 함께 저절로 찾아오는 속물근성은 늘어가는 외양보다 더 추
하다. 라면 먹는 모습마저도 아름다운 이 녀석은 내게 어울리지
않는 숨쉬는 명품이다. 이렇게 감상할 수 있는 것만으로 족하다
여기련다.

"이거라니까요. 쫄깃쫄깃 면발. 라면 좀 끓이시는데요."

녀석은 국물까지 다 비우고 나서야 말을 한다. 정말 배가 고
팠나보다.

"그럼, 혼자 산 게 몇 년인데."

대수롭지 않게 건넨 말인데, 녀석은 잠시 나를 측은한 눈빛
으로 바라보다가 나와 눈이 마주치자 고개를 돌려버린다.

"우리 엄마, 아니 어머니는 요리는 잘하시는데, 라면 맛은
영…… 꼭 면이 푹 퍼질 때가지 끓이셔서. 그래서 중학교 때부
턴 절대 엄마, 아니 어머니께 라면 끓여달라고는 안 해요."

"직접 끓이면 되지. 손 없어?"

언제부터 난 녀석과 가까운 사람들 얘기를 들으면 그게 누구
든 질투가 났다. 좀 전의 다짐은 어디로 갔는가.

"아, 그렇긴 하죠. 그래도 먹는 건 내가 하는 것보다 누군가 해주는 게 맛있는 거거든요. 다른 요리도 잘해요?"

녀석은 나의 퉁명스런 말투에도 아랑곳 않고 너스레를 떤다.

"아니, 전혀. 난 누군가가 밥을 챙겨준 일도 없고, 누구의 밥을 챙길 일도 없거든."

녀석은 말을 잘못했단 생각이 들었는지, 잠시 민망해 하더니.

"그럼, 설거지는 제가."

"놔둬."

녀석은 말릴 틈도 없이 냄비와 젓가락을 익숙하게 싱크대로 가지고 간다.

"맛있는 라면 얻어먹고 설거지 냄새 나게 놔두면 민폐죠."

싱크대의 물소리가 자장가처럼 들려온다.

잠시 졸았던가. 녀석이 내 어깨를 살짝 건드린다.

"씻고 편하게 주무세요. 저 갈게요."

비몽사몽간에 녀석이 현관을 빠져 나가는 게 보인다.

"꼭 씻고 주무세요. 피부 상한데요."

잠시 후, 현관문 잠기는 소리가 들린다. 녀석이 흘리고 간 체취는 여태껏 혼자 지내며 느꼈던 공허함과는 다른 색깔의 공허함을 가져왔다.

난 연애 상대 1호라는 혼자 사는 여자이건만, 단 한 번도 남자에게 '라면 먹고 가라'며 끼를 부려본 일이 없다. 유유상종이었는지 남자가 그런 걸 청하는 일도 없었다. 조금 더 친해지면 그러려는 마음도 있었지만, 내 마음의 거리가 거기에 닿기 전에 남자들은 나를 떠나버렸다. 현성을 한 번만 더 만났더라면, 그리했을지도 모를 것을, 현성은 그 한 번의 기회를 나에게 주지 않고 떠나버렸다. 어찌됐든 녀석은 우리 집에 방문한 첫 번째 남자다. 깔끔하게 정돈된 싱크대, 꽤나 익숙한 솜씨다. 녀석이 말한 대로 피부를 위해, 씻고 누우니 잠이 다 달아나버렸다. 녀석의 후루룩거리는 소리가 자꾸 귓가에서 맴돈다.

10.

 새벽녘에야 잠이 들었는데, 전화벨이 울렸다. 자면서 몇 번 벨소리를 무시했던 것 같기도 하다. 잠결에 더듬거리며 전화기를 찾아들었다. 인구다.

 "아직도 자는 거야?"

 인구의 말끝에 깊은 한숨이 전화기를 타고도 생생하게 느껴졌다.

 "어, 왜?"

 인구는 특별한 용건이 아니면 나에게 전화하는 일이 없었다. 나도 마찬가지이니 서운할 것도 없다. 아니 나는 인구에게 용건조차 없었다. 인구가 나에게 가진 용건 또한 집안의 크고 작은 행사가 전부였다.

"올해 아버지 칠순인 거 알고는 있어?"

그렇구나. 벌써 그렇게 나이가 많아지셨구나. 나에게 아버지의 모습이란 40대 후반에 멈추어 있었다. 군청에 근무하셨던 아버지는 꾸준히 할아버지 농사일을 도우시며 열심히 사는 분이셨다. 많이 다정하거나 누구에게 자랑할 만큼 빼어난 부분은 없었지만 늘 부지런하시고 당당하셨다. 그런 아버지였는데, 그 후로 가끔 뵐 때마다 조금씩 늙어가는 모습만 보이실 뿐 다른 인상은 더 이상 받을 수가 없었다.

"그렇구나."

인구의 한숨이 또 다시 들려온다.

"여름휴가 때 부모님 모시고 하와이 가기로 했어."

그리곤 아들 노릇 충실히 하는 착한 아들의 몇 마디의 푸념이 이어지고, 자기 처의 기특한 생각이라는 말까지

"누나는 안 갈 거잖아."

결론은 돈만 내라는 얘기였다.

나는 세상에서 가장 불효녀이며 무책임한 딸 취급을 받으면서, 부모님과 인구네 세 식구가 여행을 가는 경비 중 반을 내야한다. 인구의 계산법, 아니 엄밀히 말하면 인구 처의 계산법이었다.

인구가 결혼하기 전에는 그래도 특별한 날이면 어색함을 꾹

참으며 가족들과 식사 모임에 참석했었고, 돈도 인구와 내가 반반씩 부담하는 걸 당연하다 여겼었다. 하지만, 인구가 결혼을 하고 아이를 낳는 동안, 나는 가족들로부터 점점 더 멀어져가고 있었다. 그러면서도 식구가 늘어나 점점 더 많아지는 경비를 인구와 나는 똑같은 몫으로 계속 내야 했다. 뭔가 부당하다고 느끼지만, 따지지는 않기로 했다. 나는 이미 세상에 둘도 없는 불효녀니까.

어차피 이런 취급을 받을 거라면 아무것도 안 해도 상관없으련만, 유치원 때부터 쉼 없이 세뇌되었던 효라는 사상이 나를 그렇게 만들진 못하고 있었다. 게다가 나는 대학 졸업장도 없이, 비싼 돈 들여 유학까지 한 몸이다.

"돈은 언제까지 보내면 될까?"

나를 위해 제대로 써본 적 없는 거금 300만원을 쾌척(?)하면서도 나는 모든 일을 인구에게 떠넘기는 변변치 못한 누나로 인구에게 계속 저자세여야만 했다.

어린 시절엔 인구와 그래도 의좋은 남매였다고 기억한다. 부모님의 아들 사랑이 딸인 나보다 큰 건 눈에 보이는 일이었지만, 우리가 성장할 때 사회 분위기를 생각한다면 딱히 억울할 만한 것은 아니었다. 그런데 미국에서 돌아오고 난 후부터는 인구의 차가운 태도에 난 인구에게 한 걸음도 다가갈 수 없었다.

전화를 끊고 보니, 여러 개의 메시지가 와 있었다. 우리들의 그룹 대화창에 선영이가 집들이를 하겠다는 내용이었다.

지은 지 4년 밖에 되지 않은, 강남에 위치한 60평 아파트의 안주인은 그 동안 알던 선영이와 사뭇 다른 분위기를 풍기고 있었다. 우리를 보고 호들갑스레 반기는 행동은 여전했으나, 조금은 더 우아해 보였다. 사랑받는 여인처럼 보이기도 했으나, 왠지 모를 수심이 얼굴에 드리워져 있었다.

거실에 들어섰는데도 집의 구조가 한 눈에 파악되지 않아, 우리는 이곳저곳을 헤매 다니며 집 구경을 했다. 우리는 감히 이 집이 얼마짜리냐고 물어볼 엄두도 내지 못했다.

거실 넓은 창 아래로 한강이 내려다보이는 것까진 좋았으나, 거실 중앙을 차지하고 있는 소파의 디자인이 영 구식이라 엉덩이를 내려놓으면서도 뭔가 불편함이 느껴졌다.

"옥의 티네."

태라가 참지 못하고 불쑥 내뱉자, 선영은 시어머니가 고집한 이태리 명품 소파라고 하소연을 한다. 선영이가 그 소파를 얼마나 마음에 안 들어 하는지 알지 못하는 시어머니는 결혼하는 새 며느리에게 소파를 사주는 좋은 시어머니라고 '자뻑'하고 계시다는 말까지 덧붙인다.

"싫다고 다른 거 사달라고 말하지 그랬어."

평소 선영의 성격이라면 그리 어려운 말도 아닐 것 같아서 우리 모두 마음에 안 드는 소파를 거실에 모셔둔 선영이가 의아하게 생각됐다.

"그 사람이 결혼하자면서 딱 두 가지만 부탁한다고 하더라."

하나는 하루 빨리 아이를 갖는 것이고, 또 하나는 자신의 어머니와 의견 충돌을 일으키지 않는 것이었다고 한다. 저 살기도 힘들어 종족 번식의 본능마저 잃어간다는 이 시대에, 선영의 남편처럼 잘 나가는 남자는 아직 그 본능이 살아 넘치나보다고 생각했다. 선영의 남편은 또 그 때문에 자신의 첫 번째 결혼이 실패한 거라고 강하게 믿고 있는 거 같았다.

"그거 뭐, 어려운 일이겠어 생각하고, 흔쾌히 그러겠다고 했지."

그런데 시어머니는 결혼 전 선영의 산부인과 진료 기록을 요구했으며, 임신이 가능하다는 진단을 보고나서야 결혼을 허락했다고 한다. 그리고 신혼여행에서 돌아오자마자 임신했냐는 질문을 민망할 정도로 자주한다는 것이다.

"이제 두 달 밖에 안 됐잖아. 너무하네."

"너 그런 얘기를……!"

"왜 이제 하냐고? 니들이 말릴까봐. 나 이 결혼 꼭 하고 싶었거든."

태라가 발끈하니 선영이 고해성사하듯 솔직한 말에 우리 모두 할 말을 잃었다. 모르면 몰랐을까, 이런 집을 소유한 남자와 결혼 얘기가 오간 이상 쉽게 그만 두기는 힘들었을 거다.

"남편이랑 사이는 좋은 거지?"

"그럼, 꽤 자상한 사람이야. 시어머니야 뭐 직장 상사쯤으로 여기면 되고."

매일 들볶는 직장 상사도 있는데 일주일에 두 번 쯤 볶이는 건 참을 만하다며 선영은 다시 본래의 유쾌함을 되찾았다.

"그래, 시어머니는 어쨌든 힘든 존재야. 내 생각을 말하면 들어주는 적이 없더라. 근데 나 문득 그런 생각 들더라. 나보다 두 배나 오래 살며 쌓아온 고집인데, 내 고집이 아무리 세다한들 어떻게 이기겠냐고. 그게 옳든 옳지 않든. 그래서 이제는 그냥 '네네' 하고 말아."

영주는 그간 잘 말하지 않았던 속내를 드러내며, 선영에게 결혼 선배의 조언을 하고 있었다. 영주에게 드디어 동지가 생긴 것이다.

영주의 말을 들으며 지혜롭게 사는 법이란 어쩌면 덜 생각하고 덜 비판적이어야 하는 것인지도 모르겠다는 생각이 들었다.

선영의 집에서 나와 태라가 전철역까지 바래다주었다.

"우린 평생 가야 저런 집에 살아나 볼 수 있을까?"

얼마 전, 막대한 경쟁을 뚫고 승진을 한 태라도, 열심히 살아가는 영주도 상대적 박탈감을 느끼긴 마찬가지인가보다. 나는 뭐 말해야 입만 아프다. 그럼에도 우리 사회에 아직 결혼 잘하

라고 가르치기보다, 공부 잘하라고 가르치는 부모가 더 많다는
건 순수한 사람들이라고 해야 하나, 바보 같은 사람들이라고 해
야 하나 구분이 서질 않는다.

전철을 갈아타고 마을버스를 타며 집으로 가는 길이 유난히
불편하게 느껴진다.

인구에게 돈을 부치고 나니, 가뜩이나 빈약했던 통장의 잔고
가 초라하게 무너진다. 친구의 아파트는 60평, 내 통장엔 60만
원. 육십이란 단어를 연관 지으며 자조 섞인 웃음이 새어 나왔
다.

날 위해 300만원이란 돈을 써본 적이 있던가. 미국에서 돌
아온 지 얼마 되지 않았을 때, 외판원의 달콤한 속삭임에 속아
300만 원 상당하는 번역 교재를 사들인 적이 있다.

미국에서 왔으니 영어 실력은 갖추고 있을 테고, 우리말로
번역하는 기술을 배우면 어렵지 않게 돈을 벌 수 있다는 외판원
의 말보다, 달콤하게 속닥거리는 한 남자의 목소리에 빠져 교재
를 샀던 것이다.

그 외판원은 마치 내가 교재를 구입하면 세상의 모든 번역
일은 나에게 맡기고, 당장이라도 나와 사귈 것처럼 적극적으로
매달렸으나, 내가 교재를 구입하자마자 다른 연인을 찾아 나섰
는지 연락이 없었다.

그 후에 난 헤어진 애인이 남겨준 선물처럼 번역 교재를 보

고 또 보며, 달콤한 외판원의 목소리를 지워나갔다. 그로 인해 몇 건의 간단한 번역 일을 했고, 몇 년에 걸쳐 교재비 정도는 벌었으니, 속은 게 아니라고 애써 자위하며 그렇게 그 사건을 잊어갔다.

열심히 산 것 같은데 잘 살고 있다고 느끼지 못하는 걸 보면 너무 바보처럼 살았던 것 같다. 그런데 난 마흔을 앞에 두고도 어떻게 사는 게 잘 사는 건지 도통 모르겠다.

11.

학원 복도에서 중학생 녀석들이 팔짱을 끼고 지나간다. 커플이 된 지 이제 겨우 보름밖에 안 됐는데 닭살 커플이라고 이미소문이 자자하다. 길거리도 아니고 학원 안에서, 요즘 아이들좀 너무하지 싶으면서도 못 본 척하는 수밖에 없다. 이런 일이아니라도 언제부턴가 난 정말 화를 내야 하는 순간에도 그게 노처녀 히스테리라 여겨질까봐 참는 경우가 많아졌다. 결혼을 안한 채 나이를 먹는다는 건 점점 세상의 눈치를 봐야 하는 건지도 모르겠다. 그런데, 아이들로부터 B사감이라 불리는 조 선생은 그런 일을 그냥 지나치는 경우가 없다. 늘 들고 다니는 지휘봉으로 아이들 팔 사이를 휘저으며 떨어지라고 한바탕 소리를 지르곤 한다.

"요즘 애들 정말 개념이 없어."

회식 자리. 불판에 고기가 한두 점 남아 주인을 못 찾고 타들어가고 있고, 술도 몇 잔씩 오고가 얼굴이 벌개질 때까지 모두는 먹는 데만 집중하다가 처음으로 화젯거리를 찾은 것이 낮에 그 닭살 커플의 행각이었다.

"우리 땐 어디 그 나이 때 상상도 못하던 일을 요즘 애들은 누가 보든 말든 장소도 가리지 않으니 원."

"뭐, 우리 때도 똑같았지. 숨어서 했다 뿐이지. 그때도 왜 '크리스마스 베이비. 바캉스 베이비.' 그런 말도 있었잖아."

"우리 땐 그 정도는 아니었죠. 모두가 그런 것도 아니고. 크리스마스나 바캉스 이런 특별한 경우에 가끔 벌어지는 일이었죠. 그런데, 요즘 애들은 시간과 장소가 따로 없어요. 부끄러운 것도 없고, 전에는 수업 시간에 휴대폰을 하도 만져 뺏어봤더니요. '여봉, 사랑해,' 원 참 기가 막혀서."

역시 가장 흥분하는 건 'B사감' 조 선생이다.

"문제는 그러면서 그 사이가 석 달도 못 간다는 거지."

"지들이 사랑이 뭔지 알기나 하고 떠들어."

그렇게 말하는 어른이란 우리들은 사랑이 뭔지 알고 있을까. 어쩌면 우리도 그것을 다 모르지만 그냥 아는 체 하자고 암묵적인 합의 후에 이런 대화를 나누고 있는지도 모르겠다.

"근데, 옛날이 다 잘했다고 말할 수도 없어. 우리는 말이야 순진해서 그랬는지 바보 같아 그랬는지 여자 친구가 있어도 감히 그런 건 상상도 못 했거든. 스무 살 때쯤 기운은 뻗치는데 말이야. 어떻게 할 수가 있어야지. 그런데 요즘은 언제든 할 수 있는 마누라가 늘 옆에 있는데 가끔은 샤워하는 소리가 무섭다니까. 할 수 있을 때 하는 게 뭐 그리 나쁜 걸까? 난 그 시절로 돌아가면 절대 그렇게 안 살 거야."

반평생을 모범적으로 엘리트 코스만 밟으며 살아온 원장님이 술기운을 빌려 한 말에 우리는 그저 웃고 말았다. 하지만 그는 그 시절로 다시 돌아간다 해도 절대 다른 삶을 살지 않을 거 같다. 그의 아들에게도 이런 말을 할지 그게 더 궁금하다.

회식이라고 하니, 수현은 근처 카페에서 기다리기까지 하며 굳이 나를 바래다주겠다고 했다.

"시간 낭비하지 말라니까."

"시간 낭비 안 했어요. 카페에서 공부 잘 되거든요."

"너, 나한테 원하는 게 뭐야?"

이렇게 친절한 녀석에게 난 또 시비를 건다.

"그런 거 없는데요."

벌써 몇 번째인가. 나는 화를 내지만 녀석은 태연스럽기만 하다.

"근데, 왜 자꾸 따라다녀. 귀찮게."

"아, 있다. 그냥 같이 있는 거. 근데 정말 나 귀찮아요?"

"…… 그래!"

녀석의 해 맑은 얼굴을 보며 나오지 않는 말을 억지로 내뱉었지만, 녀석은 별로 동요하지 않는다.

"다음 주에 기말고사예요. 학원은 못 와요. 그래도 매일 바래다드리는 건 할 거예요."

"오지 마. 그냥 니 할 일 해. 정말 귀찮단 말야."

"그럼 좀 가로등 밝은 동네라도 살든가."

녀석이 처음으로 소리를 지른다. 정말 그게 이유란 말인가. 할 말을 잃어 당황하고 있는데, 녀석도 제 자신에 놀랐는지 숨을 몰아쉬며 말이 없다.

"기말고사 끝나면 내가 원하는 거 말해 줄게요. 일주일만 기다려요. 그 전에 직접 알아내면 더 좋겠지만."

녀석은 이런 말을 하고 가버렸다. 그러고도 내 퇴근 시간에 맞춰 학원 앞에 와 기다리고 있었고, 집까지 바래다주었다. 녀석은 그날 이후, 계속 화가 난 듯 별로 말이 없었다. 시험공부가 힘든 건지 얼굴이 좀 까칠해 보이기도 했다. 녀석의 눈치가 보여 아무 말도 하지 못했다. 어두운 골목길에 살아서 미안하다고 해야 하나. 녀석과 말없이 걷는 일주일은 참 길고도 불편했다. 신종 고문 기술로 활용해도 좋을 거 같다. 이런 미남과 불편하게 보내야 하는 시간. 혼자 이런 상상을 하며 피식 웃음을 터트렸다.

"뭐가 재밌어요?"

"이제 화 풀린 거야?"

"내가 언제 화를 냈다고."

그러게. 난 몇 번이나 녀석을 이상한 놈으로 몰아세워놓고, 녀석에게 화를 냈다고 하면 녀석이 좀 억울할지도 모르겠다.

"시험은 끝난 거야."

"네. 내일 낚시 갈래요?"

말은 질문의 형식을 띄고 있었지만, 거절할 수 없는 제안이었다. 나도 기다리고 있었다. 녀석이 나에게 원하는 게 뭔지 말해줄 시간을. 근데 뭐 낚시까지 가는 건 좀 과하다 싶긴 하면서도 이렇다 저렇다 말도 못 하고 있었다.

"얼마 전에 아버지랑 갔던 곳인데, 샘이랑 꼭 한 번 가고 싶어요."

12.

녀석은 다음 날, 차를 몰고 나타났다.

"운전은 할 줄 아는 거야?"

"그럼요. 내 나이가 몇인데."

"누구 차야. 허락은 받은 거야?"

"어머니 차구요. 당연히 허락받았죠."

차를 몰고 나이 많은 여자와 낚시를 갈 거라는 말도 했냐고, 그래도 허락해주시더냐는 질문은 차마 하지 못한 채 녀석이 이끄는 대로 차에 탔다. 녀석의 운전 솜씨는 생각보다 편안했고, 도착할 때까지 녀석은 할 말을 하지 않을 테니 그냥 여유롭게 풍경을 즐기기로 했다.

서울을 조금만 벗어나도 풍경도 공기도 이렇게 다르구나. 서울에서 멀어질수록 가슴을 무겁게 짓누르고 있던 무엇이 증발하고 있는 것처럼 느껴졌다. 하지만 이런 평화로운 광경 뒤에는 늘 폭풍이 기다리고 있기 마련이다. 녀석에게 무슨 말을 들어도 놀라거나 실망하지 말자고 마음속으로 되뇌었다.

한 시간쯤 달려 한적한 강가에 녀석은 차를 세웠다. 무섭다 여겨질 만큼 한적한 곳이었다. 드문드문 낚시꾼들이 보이긴 했지만, 강을 사이에 두고 앉아 있었기에 서로 간섭할 일이 없는 곳이었다.

텐트를 치고, 낚싯대를 거는 녀석의 움직임이 제법 능숙하다.

"뭐, 도와줄 거 없어?"

"그냥 잠깐 산책이나 해요. 멀리 가진 말구요."

하긴 텐트도 낚싯대도 만져보지 않은 내가 무슨 도움이 되겠는가. 녀석이 하라는 대로 주변을 둘러보고 돌아오니 녀석이 라면을 끓이고 있었다.

"어서 와요. 시간 잘 맞춰 오는 거 보니 그래도 먹을 복은 있나보네요."

녀석은 마치 제 여동생이라도 대하듯 말한다. 녀석은 점점 더 건방져 지고 있는데, 난 무방비 상태로 속수무책 당하고만 있다.

"이런 데 오면 라면 또 먹어줘야 되거든요. 저 번엔 샘이 끓여줬으니 제 솜씨도 한 번 보여드려야죠."

녀석은 내게 젓가락을 건네며 말했다.

"출출하던 참인데 잘 됐네."

녀석이 끓여준 라면은 최고였다. 시원한 강바람과 녀석이 있기에 더욱 그랬을 것이다.

"어때요?"

"음, 괜찮네."

"무슨 반응이 그래요? 그러니 여태 남자 친구도 없지. 남자는 다 똑같아요. 막 칭찬해줘야 좋아한다구요."

선영으로부터 듣던 연애 강의의 한 대목이다. 그걸 모르는 게 아니다. 맛없는 걸 맛있는 척 거짓 연기를 할 필요도 없다. 녀석과 함께 있는 이 시간이 사라질까봐 두려워 맛있는 걸 맛있다고 말도 못하는 것을 녀석은 모르는 것 같아 다행이다.

라면을 먹고 나서, 낚시터에 나란히 앉아 커피를 마셨다. 녀석은 묵묵히 낚싯대 끝을 바라보고 있었지만, 녀석도 고기를 잡는 덴 관심이 없는 것 같았다. 해가 산을 넘으며 땅거미가 짙어지고 있었다.

"얼마 전에 돌아가신 친구 어머니, 밤길에 강도를 당하셨어요."

"어머."

너무 놀라 나온 소리가 괴기한 음향처럼 변해 있었다.

"그래서 귀찮게 따라다닌 거예요. 이제 만났는데 혹시나 또 헤어지면 어쩌나 하구."

좀 맥락이 안 맞는 것 같지만 녀석이 날 걱정한다는 말이었다. 나쁘지 않다. 그런데 녀석은 또 한 동안 말이 없었다.

"부모님이 친부모님이 아니란 걸 얼마 전에 알았어요. 아버지가 여기서 말씀해 주시더라구요."

녀석이 긴 침묵 끝에 말문을 열었다. 이것 또한 맥락도 안 맞을 뿐더러 뜻밖의 고백이었다. 어떻게 대꾸해야 하나 할 말을 못 찾겠다.

"그렇게 안쓰러운 표정 지으라고 한 얘기 아니에요."

"아니. 그게 아니고."

뭔가 변명을 하려는데 녀석은 아랑곳하지 않고 말을 이어갔다.

"한 번도 의심해본 적 없을 만큼 사랑받고 자랐고, 얼마 전에 친엄마도 찾았으니까요."

놀라운 일이긴 하지만, 왜 이런 이야기를 나에게 하는 건지는 도무지 이해가 안 됐다.

"그런데 약간 문제가 있긴 해요. 엄마가 날 못 알아봐요. 나를 못 알아보는 정도가 아니고, 나를 낳은 기억을 아예 못 한대요."

뜻밖의 고백에 오늘 여기에 온 목적을 상기했다. 녀석이 나에게 바라는 것을 말한다고 했다.

"어디가 편찮으신 거야?"

난 이제 열심히 내 역할을 찾아가며 녀석이 안고 있는 문제를 함께 해결해야 한다.

"아니요. 너무 상처가 많아 그런 것 같다고 해요."

도대체 어떤 상처이기에 이런 멋진 아들을 낳아놓고 기억을 잃었을까. 안타까운 일이다. 그 동안의 녀석의 호의가 아니어도 충분히 도울 가치가 있는 일이다.

"난 엄마에게 엄마라고 하고 싶은데 엄마에게 내가 나타나면 엄마가 옛 기억을 떠올려야 될 테고."

"무슨 말이야. 그래도 당연히 아셔야지."

"좀 더 깊이 고민해줄 수 없어요? 그렇게 쉽게 말하지 말구요."

"아니야. 더 고민할 필요도 없는 얘기야."

녀석의 표정이 밝아진다. 누군가에게 도움이 된다는 건 기분 좋은 일이다. '내가 뭘 어떻게 도울까?' 말하려는데 녀석이 벌떡 일어나 차에서 커다란 가방을 꺼내 들고 온다.

가방에서 처음 나온 것은 낡은 앨범이다.

"내 어릴 적 앨범이에요. 보여주고 싶어서."

손전등 불빛에 의지하여 앨범을 펼쳐 보았다. 녀석은 아기 때도 역시 잘난 인물이었다. 앨범엔 녀석이 말한 가족들이 모두 등장했다. 그가 말한 부모님과 형, 누나일 거다.

한 두어 장 넘겼을까. 교복을 입은 여고생 셋 사이에 녀석이 있다. 내가 고교 시절 입었던 교복 같다. 손전등을 좀 가까이 비춰본다. 그 여고생들은 선영, 영주, 태라다. '어떻게 애들이 수현과 함께 있는 거지?' 놀란 눈으로 수현을 바라보았으나 녀석은 아무 대답도 해줄 것 같지 않은 표정이다. 머릿속이 어지러워지는데, 녀석은 다시 가방에서 무언가를 꺼낸다. 어린아이 옷이며, 장난감 그리고 여러 장의 카드가 담겨 있다.

우리 예쁜 수현이 잘 자라고 있지?
다섯 번째 생일 축하해. 이모들이 많이많이 사랑해.
영주, 태라, 선영 이모가

의자에서 일어나려다가 현기증에 몸을 비틀거린다.
"괜찮아요?"
수현이 내 어깨를 잡았지만, 나는 수현에게 기대어 정신을 놓아버렸다.

제2부

기억 속으로

13.

고등학생이 되었다고 크게 달라지는 건 없었다. 서울 근교라고는 하지만 작은 시골 동네에서 중학교 하나, 고등학교 하나밖에 없었기에 나와 우리 동네 아이들은 중학교를 졸업하고, 바로 옆 건물인 고등학교로 등교하는 것만이 달라졌을 뿐이다. 새로이 친구를 사귄다거나 하는 기대감은 그 누구도 갖지 않았다.

그러나 고등학교 입학식 이후, 우리의 예상과는 엄청나게 다른 일들이 기다리고 있었다. 중학교 때보다 30분이나 빨라진 등교 시간은 아무것도 아니었다. 학교에서 점심과 저녁을 모두 먹고, 밤늦게까지 야자라는 것도 해야 한단다. 도시락을 두 개나 들고 다녀야 했고, 하루 24시간 중 14시간을 학교에 있어야 한다. 그나마 집에 있는 시간은 잠자는 시간을 제외하면 아무것도 아닌 게 된다. 그리고 학교에 있는 시간은 오직 공부, 공부를 하는 시간이다. 오죽하면 부모님께 '학교 다녀오겠습니다'라고 인사하지 않고, 담임 선생님께 '집에 다녀오겠습니다'라고 인사를 한다는 유머까지 나돌았으니까.

그나마 다행인 건 나와 영주가, 그리고 선영이와 태라가 같은 반이 되었다는 것이다. 다 같이 한 반이면 오죽이나 좋으련만 그런 행운을 바란다는 건 너무 큰 욕심이다. 단지 둘씩이라도 같은 반이 된 것으로 만족하기로 했다. 우리는 점심시간이면 운동장 스탠드에 모여앉아 수다를 떨었다. 하나같이 중학교 졸업 선물로 부모님께 받은 워크맨을 분신처럼 들고 다녔다.

"영어 선생님 진짜 신승훈 닮지 않았냐?"

태라는 입학한 지 일주일 만에 영어 선생님과 혼자만의 사랑에 빠졌다.

"얼굴 하얗고 안경 쓰면 다 신승훈 닮았냐. 왜 서태지 닮았다고 하지."

"에이, 서태지는 아니지. 우리 종훈 씨는 발라드가 어울려."

태라는 영주의 핀잔에도 아랑곳 않고, 이 지긋한 고교 생활 3년이 지나면 영어 선생님과 곧 결혼이라도 할 것처럼 굴었다.

"야, 14년 차이야. 니가 한창 예쁠 때 영어 선생님은 아저씨가 돼 있을 거라고."

야무진 선영이가 벌써 태라가 놓친 미래까지 상상해가며 태라에게 현실 감각을 일깨우려 하지만, 태라는 사랑에 그깟 나이 차이쯤은 아무것도 아니라며 선영의 말을 무시한다.

그보단 영어 선생님을 좋아하는 수많은 경쟁자가 더 문제이다. 키는 좀 작지만 곱상한 얼굴에 자상한 성격으로 영어 선생님은 많은 여학생의 사랑을 받고 있었다. 태라는 선생님에게 잘 보이기 위해 영어 공부만 하기로 결심한다.

"키 차이는 어쩔 건데?"

우리 중에서 가장 키가 큰 태라는 영어 선생님보다도 키가 크다.

"내가 어디서 봤는데, 사람들은 대부분 자기가 없는 걸 가진 사람을 좋아한데, 그럼 영어 선생님은 키가 큰 나를 좋아하게 되지 않을까?"

"보기가 안 좋다고요."

스탠드에 모여 수다를 떨 때도 영주는 손에서 책을 놓지 않았다. 귀에는 이어폰이 꽂혀 있었지만, 그러면서도 우리의 이야기를 하나도 놓치지 않았다.

"내 말이."

하며 영주의 말에 장단을 맞추던 선영이가 스탠드에서 굴러 운동장으로 떨어졌다. 무릎이 까지고 피가 철철 흘렀다. 우리는 놀라 선영이를 부축해 양호실로 데리고 갔다.

선영이는 양호실로 가는 내내 무릎에서 흐르는 피는 아랑곳하지 않고, 자신이 넘어지는 그 우스꽝스러운 풍경을 누가 봤을까 그것만 신경 쓰고 있었다.

양호 선생님은 선영의 상처 난 다리를 치료해주고, 다른 상처가 없나 발목과 종아리 이곳저곳을 살피더니, 다른 이상은 없는 것 같다고 하셨다. 선영이가 괜찮다는 말에 안도의 한숨을 내쉬다가 우리는 동시에 웃음을 터뜨렸다. 선영이 넘어지던 그 우스꽝스러운 모습이 떠오른 것이다. 선영이는 화를 냈지만 선영이가 화를 내면 낼수록 한 번 터진 웃음은 멈출 줄 몰랐다. 양호 선생님도 알 만하다는 듯이 옅은 미소를 지으신다.

한참을 웃고 있는데 파티션 뒤에서 한 남학생이 조용히 나온다. 우리는 누구의 명령이라도 받은 듯, 동시에 웃음을 멈췄다.

"선생님, 저 이만 가볼게요."

"왜 점심시간 아직 남

"코피 좀 난 것뿐인데요. 뭐."

"얘네들이 너무 시끄럽지? 신입생이라 그래. 니가 이해해라."

"아니에요. 안녕히 계세요."

남학생은 양호 선생님께 공손히 인사를 하고 양호실을 빠져 나갔다.

"와, 잘 생겼다. 선생님 누구예요?"

선영이가 먼저 입을 열었다.

"고3. 잘 생겼지? 게다가 공부도 잘한다. 전교 1등."

"저렇게 잘 생긴 얼굴을 내가 봤으면 기억 못 할 리가 없는데."

"작년에 서울에서 전학 왔어. 너희들이 볼 일이 없었지. 행여나 어떻게 해볼 생각은 마. 저 학생한테 편지하거나 만나자고 하거나 비슷한 액션만 취해도 엄마가 바로 달려와서 야단치신다. 공부 방해된다고. 전학도 아마 그래서 왔다지."

이렇게 선영이와 양호 선생님이 대화를 주고받는 동안에 난 숨을 쉬고 있었던가?

남자라곤 좀처럼 관심이 없는 영주의 입에서도 감탄사가 절로 나왔으니, 그의 빛나는 용모는 더 이상 말할 필요가 없다. 태라가 그렇게 좋아하는 영어 선생님이 갑자기 초라하게 느껴졌다.

14.

　며칠 그러다 말겠지 했는데 오늘도 어김없이 인구가 따라나선다.

　"왜? 넌 더 천천히 가도 되잖아."

　"누나가 고등학생 되니까 등교 시간 아니면 누나랑 얘기할 시간도 없잖아. 일찍 가면 조용해서 공부하기도 좋아."

　감동이다. 누나와 함께 등교하겠다고 30분이나 더 자도 되는 아침의 단잠을 포기하는 내 사랑스런 동생 인구와 함께하는 등굣길이 이 암담한 고교 생활을 버티게 해주는 하나의 버팀목이 될 것 같다.

　"그래도 넌 지금 한참 클 나이라 잠이 중요하단 말야. 공부 잘 해도 키 작은 남잔 매력이 없다고."

"동생 잘 가르치십니다. 우리 이사하기 전엔 어차피 이 시간에 집에서 나왔잖아."

인구는 작년에 중학교에 입학해 이제 2학년이 되었다. 인구가 중학교에 입학한 후 공부도 썩 잘하자 엄마는 인구에게 등하교 시간까지 아껴 공부하라고 학교 근처로 이사를 했다. 나를 위해 한 번도 하지 않았던 생각을 인구를 위해 하는 엄마가 좀 야속하긴 했지만 절대로 미워할 수 없는 동생이다.

"내가 키가 작아서 창피해?"

"아니. 너 아직 다 크지도 않았는데, 웬 창피?"

인구가 또래들보다 좀 키가 작은 건 사실이지만 그렇다고 절대 창피하다는 건 말도 안 된다.

"근데 왜 갑자기 키 타령?"

"우리 학교에 멋진 영어 선생님이 계신데, 키가 작아."

"근데 그 선생님이 키가 작은 게 누나랑 무슨 상관이야."

"태라가 그 선생님을 좋아해."

"누나 말 모순인 거 알아? 키 작은 남자 매력 없다며? 키 작으면 태라 누나처럼 키 크고 예쁜 여자가 좋아해주고 좋네 뭐."

"그러네. 근데 태라가 이뻐?"

"그럼. 누나 친구 중에서 태라 누나가 제일 예뻐."

"선영이가 더 예쁘지 않아."

"선영이 누난 예쁘긴 한데 내 취향은 아니야."

웃음이 터졌다. 인구는 이해할 수 없단 표정이다. 나의 웃음에 인구가기분이 상한 것 같아 빨리 설명을 할 필요가 있었다.

"태라 말이 맞나보다. 태라가 어제 그랬거든. 키 작은 남자들이 자기처럼 키 큰 여자 좋아한다고. 인구 너 혹시?"

인구는 저도 모르게 얼굴이 발개진다.

"태라한테 말해볼게. 영어 선생님 대신 우리 인구는 어떠냐고."

인구는 강하게 아니라고 했지만, 난 교문 앞에 이를 때까지 인구를 놀리다가 학교로 뛰어 들어갔다. 이렇게 즐거운 등굣길이 3년 동안 계속될 거라고 생각했다.

쉬는 시간 사이사이 선배들이 동아리를 홍보하러 교실에 들르곤 했다. 뭐 딱히 좋아하는 것도 하고 싶은 것도 없던 나다. 공부하기도 벅찬 고교 생활이라는데 동아리 활동은 무슨. 그냥 조용히 지내자고 마음먹고 있었는데 선영이는 호들갑을 떨며 영어 소설 반에 들어가자고 했다. 우리가 같은 반도 아닌데 같은 동아리라도 들어가 우리의 우정을 돈독히 하자는 뭐 그런, 다른 동아리도 아니고 공부하는 동아리니까 일석이조가 아니냐는 말까지. 공부에선 늘 적극적인 영주는 그 말에 쉽게 '오케이' 했고, 담당 선생님이 태라가 좋아하는 영어 선생님이라는 말에 태라도 '오케이'를 했다.

　선영이는 공부에는 관심이 없지만, 영어는 곧잘 했다. 딸 부잣집 막내인 선영이는 벌써 형부라는 존재가 있었는데, 그것도 외국인이었다. 선영이는 형부와 얘기하면서 자연스럽게 영어가 늘었고, 자신도 형부같이 멋진 외국 남자와 결혼하고 싶다고 했다.

　나만 문제였다. 우리 중에 영어를 제일 못하는 내가 과연 그 동아리에서 버텨낼 수 있을지 걱정이다. 선영은 온갖 아양으로 나를 설득하기 시작했고 마음을 합친 셋은 모두 나의 결정만을 기다리고 있었다. 난 친구들의 결정에 따를 수밖에 없었다. 영어 소설이라니 엄청난 부담이었지만, 이젠 어쩌면 영어가 재미있어질지도 모른다는 막연한 기대를 하는 수밖에 없었다.

15.

영어 소설 반 첫 모임이 있던 날, 선영이에 대한 내 마음은 원망에서 감사로 급회전했다. 양호실에서 보았던, 내 숨을 멈추게 했던 그 오빠가 여기에 있는 것이다. 역시 정보가 빠른 선영이는 미리 알고 우리를 이곳으로 끌고 온 거였다.

영어 소설 반에는 여학생의 수가 단연 우세였다. 여학생들이 문학을 더 좋아하기도 하지만, 아마 그 오빠의 영향도 클 거라는 생각도 해본다.

김진혁.

2, 3학년 언니들 사이에서 그에게 말 한 마디 건넬 수 없었지만, 그의 이름을 알고 매주 이렇게라도 가까이서 얼굴을 보는

것만으로도 난 충분히 설레었다.

영어 소설 반이라고 해서 영어로만 얘기하는 것은 아니었다. 매주 소설을 정해 원서로 읽고, 일주일에 한 번 모여 내용에 대해 토론을 한다.

신입생들에겐 발표를 강요하지도 않았다. 2, 3학년들의 얘기를 듣기만 해도 한 시간이 훌쩍 넘어가버리니 오히려 선배들의 얘기를 들으며 잘난 진혁 오빠의 얼굴을 한 시간 동안 맘껏 감상할 수 있는 황홀한 시간이었다. 그래도 책은 열심히 읽어 갔다. 원서만 읽어가지고는 도저히 그 뜻을 이해할 수가 없어서 원서와 번역판 모두를 읽고 모임에 참석했다. 소설책을 읽는 게 공부를 하는 것보단 좋았고, 동아리 모임에서 말을 하지 않더라도 적어도 진혁 오빠가 무슨 얘기를 하는지는 알아들을 수 있어야 하니까.

좁은 문, 로미오와 줄리엣, 오만과 편견, 주홍 글씨, 폭풍의 언덕…….

재미있게 이야기들을 읽었지만, 내가 이 이야기들을 통해 알게 된 건 사랑은 아주 힘들고 슬픈 일이라는 것뿐이었다. 왜 사랑하면 안 되는 사람들끼리 사랑에 빠지게 되어 만날 수도 없는 사람을 그리워하며 괴로워하는지. 공부도 사랑도 아직 제대로 안 해봤지만, 어쩌면 사랑이 공부보다도 더 어려운 일일지도 모르겠다는 생각을 하게 됐다. 그런데 진혁 오빠는 정의, 자유, 규

율, 양심, 이성, 충동, 억압 등의 단어를 넣어가며 이 작품들에 대한 감상을 이야기했다. 나는 그 말들을 제대로 알아들을 수 없었지만, 언니들은 이해하고 공감한다는 듯이 고개를 끄덕였다.

그럴 즈음에 오 헨리의 '크리스마스 선물'을 읽게 되었다. 이 역시 슬픈 이야기지만 이렇게 아름다운 사랑이야기도 있다는 반가움에 나도 이런 사랑을 해보고 싶다고 발표를 했는데, 반응은 별로였다. 가난이 뭐가 아름답냐는 게 대부분의 반응이었다. 그렇지만 그들은 그럼에도 불구하고 서로 진심으로 사랑하지 않았느냐고 반격을 하다가, 짧은 영어 실력 때문인지, 주위의 눈총 때문인지 난 주눅이 들어 입을 다물어버렸다. 동아리 창설 이래 가장 후진 작품 감상평으로 기억될 것 같아 얼굴이 화끈거렸는데, 다행히 아무도 내 말을 크게 신경 쓰지 않았다.

16.

5월이 되니, 가정 선생님이 새로 오셨다. 우리는 영문도 모른 채, 긴 생머리에 예쁘고 상냥한 선생님과 겨우 두 달 만에 아쉬운 이별을 하고, 통통하고 심술보가 가득해 보이는 아줌마 선생님을 맞이해야 했다. 심술보 가득해 보이는 선생님이 출산 휴가를 간 사이, 임시 강사 선생님이 오셨던 거였다.

가정 선생님은 작년 9월에 간신히 노처녀 딱지를 떼고 결혼했는데, 지난 2월에 아이를 낳았다고 한다.

선생님이 결혼하고 신혼여행에서 돌아왔을 때, 학생들은 첫날밤 이야기를 해달라고 졸랐고 선생님은 얼굴이 발개지며 적나라하게 첫날밤 얘기를 들려줬고, 그런 소문은 금세 퍼져 다른 반 학생들도 첫날밤 이야기를 해달라고 졸랐고, 가정 선생님은 일주일 내내 수업 시간에 첫날밤 이야기만 해야 했다.

한 반이 수업을 빼먹는 재미로 이미 들은 첫날밤 이야기를 우리도 해달라고 조르자, 가정 선생님은 이미 얘기한 반인지도 모른 채 또 이야기를 했고, 이 이야기가 전교에 퍼져 가정 선생님은 졸지에 웃음거리가 됐다. 이 소문을 들은 가정 선생님은 그 후 학생들에게 심각하게 히스테리를 부린다고 한다. 그런데 선생님은 결혼한 지 한 달도 안 되어 배가 부르기 시작했고, 그것이 임신이라는 걸 알게 된 학생들은 자신들이 들은 이야기는 진짜 첫날밤 이야기가 아니었다고 하며 가정 선생님은 또 다시 구설수에 올랐다. 결혼식에 참석했던 몇몇 언니들은 유난히 잘생긴 선생님의 남편을 보고 결혼의 진짜 이유는 다른 데 있었다고 수군거리기 시작했고, 그 후 가정 선생님은 노처녀 히스테리보다 더한 히스테리를 학생들에게 부린다고 한다.

영어 소설반 언니들이 들려준 이야기다. 이야기를 다 듣고 나니 선생님이 좀 안 되었다는 생각도 들었다. '뚱보 마녀'라 불리는 가정 선생님을 위로해주고도 싶었지만, 항상 화난 듯한 선생님의 얼굴을 상상해보니 그런 일은 불가능할 것 같다.

17.

6월이 되니, 학교 분위기가 많이 어수선했다. 올해부터 바뀌는 입시 제도에 선생님들과 고3 학생들은 초긴장 상태였다. 게다가 시험을 8월, 11월 이렇게 두 번 치른다고 하니 첫 번째 시험은 이제 불과 두 달밖에 남지 않았다. 고등학교 3년의 고생을 단 한 번의 시험으로 결정하는 것이 학생들에게 너무 가혹한 처사라 학생들에게 두 번의 시험을 치르게 하고 그중에서 높은 성적으로 대학에 원서를 넣을 수 있도록 한다는 것이다. 그러나 대부분의 학생들은 두 배의 시험 스트레스를 느낄 것이다.

일요일 나른한 오후.

모의고사도 끝났는데, 공부를 하자니 뭔가 손해를 보는 것 같다. 책을 읽으려고 가방을 열다가 책을 동아리 방에 두고 온 것이 생각났다. 그냥 TV나 볼까 하다가 산책 삼아 학교에 가보기로 했다. 문이 잠겨 있을 수도 있겠다는 각오를 하고 학교에 갔는데, 다행히 동아리 방은 열려 있었다. 문을 열고 들어가다가 난 숨이 멎을 뻔했다. 창밖을 바라보며 뒷모습을 보이고 있었지만, 그게 진혁 오빠라는 걸 단번에 알아차릴 수 있었다. 그냥 나와야 하나 어쩌나 잠시 망설이는데 오빠가 뒤를 돌아봤다. 이럴 줄 알았으면 옷도 좀 제대로 입고 머리도 잘 빗고 왔어야 하는데 지금 이 상황을 행운이라고 해야 하나 불행이라고 해야 하나 갈피를 잡을 수 없었다.

"안녕하세요?"

얼떨결에 아주 큰 소리로 인사를 했다. 이럴 필요까진 없는데 너무 주책이다. 그런데 한 걸음 다가가서 본 오빠의 얼굴은 전혀 안녕하지 않은 표정이었다.

"자야구나. 어쩐 일이야?"

오빠가 내 이름을 부른 건 처음이다. 아니 내 이름을 알고 있었다니 그것만으로도 난 감사할 뿐이었다.

"책을 두고 가서요. 오빠는요?"

"난 가끔 와. 일요일이라도 학교 말고는 갈 때가 없잖니."

허둥지둥 책을 찾았다. 책은 다행히 내가 생각했던 그 자리에 있었다. 저렇게 슬픈 표정을 짓고 있는 사람을 앞에 두고 동아리 방을 그냥 나와야 하나 인사를 다시 해야 하나 잠시 고민에 빠졌다.

모두가 동경하고 선망하는 이 사람도 이렇게 쓸쓸한 표정을 지을 때가 있다는 걸 알게 되니 갑자기 없던 용기가 생겼다.

"오빠, 우리 놀러 갈래요?"

"공부해야 되는데."

라고 오빠는 말했지만, 쓸쓸한 표정 안에 지나가는 작은 호기심을 읽을 수 있었다.

"표정 보니 공부하긴 틀렸는데요 뭐."

어디서 그런 용기가 났을까. 난 오빠의 손목을 잡아끌고 있었다. 이렇게 슬픈 표정을 하고 있는 사람에겐 위로가 필요할 거라고 생각했다.

강가에 이르러 오빠는 이 동네에 이렇게 멋진 강이 있었느냐며 감탄했다. 작년에 이 마을로 이사를 왔지만 학교와 집 외에는 가본 곳이 없다고 한다. 그 말을 듣는 순간 그렇게 멋져 보였던 오빠가 조금은 안쓰럽게 느껴졌다. 오늘 오빠에게 최대한 많은 것을 보여주고 즐겁게 해줘야겠다는 생각을 했다. 난 강가 곳곳을 돌아다니며 내가 아는 것들을 최대한 설명하느라 애썼고, 오빠는 즐겁게 들었다. 내가 오빠에게 가르쳐줄 수 있는 게 있다는 게 그저 신기하고 이 지역에 오래 산 보람마저 느끼게 했다.

강가지만 6월의 더위는 이마에 땀방울이 맺히게 했다. 우리는 수돗가에 가서 세수를 하다가 물을 뿌리며 장난을 했다. 수돗물에 젖는 것보다 오빠가 웃는 모습이 더 시원하게 느껴졌다. 물장난도 시시해질 즈음 배에서 꼬르륵 소리가 났다. 오빠는 돈이 없다고 했고 나에겐 떡볶이를 사 먹을 수 있을 정도의 돈만 있었다. 돈을 챙겨 나오지 못한 것이 엄청 후회됐다. 오빠와 단둘만의 시간을 갖게 될 이런 엄청난 일이 일어날 줄 상상이나 했겠는가. 행운은 시간도 장소도 예고 없이 찾아온다.

다시 학교 앞 분식집으로 가서 떡볶이 1인분을 시켰다. 주인 아줌마가 군만두를 서비스로 주시며 왜 오늘은 네 자매가 아니냐고 하신다. 단골의 혜택을 톡톡히 누린다.

"너희는 항상 붙어다니나 보구나."

"네. 뭐."

"부럽다."

"뭐가요?"

"그런 친구."

오빠의 표정은 나를 진짜 부러워하는 것 같았다. 그리고 보니 오빠는 항상 혼자였다. 전교 1등이라는 꼬리표와 빼어난 외모에 덕에 오빠는 혼자 있어도 전혀 초라해 보이지 않았다. 그런 오빠도 친구가 없어 외로운가보다 생각하니 오빠에게 조금 더 다가갈 용기가 생겼다.

이 동네에서 나의 영향력을 좀 더 과시하고 싶어, 선영이 작은 언니가 하는 카페에 갔다.

"자야구나."

카페 안은 우리 말고는 손님이 하나도 없었다. 언니는 우리에게 음료수를 가져다주고 잠시 볼일이 있어 나갔다 오겠다며 나에게 전화도 받고, 손님이 오면 주문도 받으라고 했다.

"음료수 값은 해야지. 그치?"

언니는 나에게 가게 보는 일을 시키는 게 미안한지 이렇게 덧붙였다.

"네, 걱정 말고 다녀오세요."

오빠는 처음 와보는 카페의 분위기에 어리둥절한 것 같았다. 학교 안에서는 늘 우러러보기만 했던 오빠가 이곳에선 내가 없으면 안 될 거라고 생각하니 묘한 쾌감마저 느껴졌다. 이렇게 오늘은, 오늘만은 오빠는 나만의 것, 나는 오빠만의 것으로 단 둘이만 있을 수 있다. 그러나 막상 둘이 막힌 공간에 있으니 강가에서와는 달리 잠시 어색한 공기가 흘렀다.

"학교에선 왜 그렇게 어두운 표정이었어요?"

어색함을 떨쳐보려고 궁색하게 질문거리를 찾았는데, 오빠의 표정이 너무 어두워져서 분위기는 더 어색해졌다.

조용히 흘러나오는 음악만 듣고 있었다. 노래가 끝나고 나니 오빠가 노래 제목을 묻는다.

"널 사랑하니까. 신승훈이 부른 거예요."

"넌 정말 모르는 게 없구나."

전교 1등인 오빠가 내게 모르는 게 없다고 한다. 황당한 뉴스라고 제목을 달아 만천하에 알린다면 다같이 한바탕 웃을 수 있을 것 같다는 생각에 웃음이 나려는데 오빠의 표정이 너무 진지해서 도저히 웃을 수가 없었다.

"모의고사 성적표 때문이지 뭐. 전국 석차가 많이 떨어졌거든. 우리 엄만 내 성적이 조금만 떨어져도 하늘에 태양이 사라진 것처럼 반응한다니까, 엄마 잔소리 걱정 피하려고 나왔는데 내가 아는 데가 학교밖에 없잖니. 우리 엄만 나를 서울대에 보내기 위해 태어난 사람 같아. 관심사가 나의 공부밖에 다른 건 없어. 근데 난 왜 태어난 거지?"

"그런 말이 어딨어요?"

"그 생각하고 있었어. 아까 교실에서. 나는 왜 태어난 걸까?"

18.

　아무 말도 할 수가 없었다. '나는 왜 태어난 걸까?' 한 번도 생각해 본적이 없다. 하지만 그런 생각을 하면서 그렇게 어두운 표정을 할 것 같지는 않다. 지금 오빠가 나보다 훨씬 불행할지도 모르겠다. 오빠를 독차지했다는 기쁨으로 가득 차 있던 몇 분 전과 달리 난 오빠를 어떻게 위로해야 할지 고민하고 있었다.

　"오빠처럼 똑똑하고 잘생긴 사람이."

　"자면서도 감시당하는 느낌 받아본 적 있어?"

　오빠의 눈엔 눈물이 고이더니 이내 뺨을 타고 흘러내렸다.

　처음 보는 일이다. 남자가 우는 모습은. 인구마저도 중학생이 된 이후에는 한 번도 우는 모습을 본 적이 없다. 남자는 울지 말아야 된다는 말도 안 되는 사고방식이 우리를 지배하고 있었다. 그 울지 말아야 할 남자가 내 앞에서 울고 있다. 더구나 내가 동경해마지않는 사람이 말이다.

하루 만에 너무 많은 일이 일어났다. 나에게 오늘은 과연 어떤 날로 기억에 남을까. 행운의 날일까 불행의 날일까. 울지 말라고 해야 하나. 그냥 조용히 티슈를 가져다가 오빠 옆에 놓아주며, 어릴 적 인구가 울 때 하던 대로 오빠의 등을 토닥거렸다.

오빠가 내게 좀 기대어 오는 것 같았다. 좀 더 깊이 오빠의 등을 토닥여주었다. 오빠가 티슈를 잡으려고 고개를 돌리다가 입술이 살짝 부딪쳤다. 갑자기 가슴이 콩닥거려 온다. 이렇게 삽시간에 많은 감정의 변화를 느끼다니 살짝 어지러웠다. 오빠도 어색했는지 허리를 펴고 앉았다. 카세트테이프가 다 돌아갔는지 음악도 멈춰버렸다. 어색한 침묵에 오빠의 헛기침 소리가 들려왔다.

이건 그냥 사고야. 빨리 이 어색함에서 벗어나야 해. 음악을 다시 틀려고 일어서는데 오빠가 나의 손목을 잡아당겼다. 그리고 서로의 입술이 포개져 있었다. 몸은 당장이라도 녹아내릴 것 같았고, 머리는 하얘졌다. 오빠의 혀가 내 입술을 벌리며 입안으로 들어온다. 온몸에 힘이 빠졌다. 밤마다 하는 상상이었다. 그러나 한 번도 현실이 될 거라고는 생각하지 못했다. 그런데 지금 그 상상이 현실이 되었다. 심장이 점점 거세고 빠르게 뛴

다. 이러다 심장이 터져 가슴을 뚫고 나오는 건 아닌가 걱정도 됐다.

시간이 꽤 흐른 것 같다. 이젠 멈춰야 할 것 같다. 오빠의 어깨를 살짝 밀었는데 오빠는 물러날 생각을 않는다. 그러더니 갑자기 내 가슴을 움켜쥔다. 너무 놀란 나머지 입술을 포갠 채 짧은 비명을 질렀는데, 이상한 소리가 되어 새어나왔다. 오빠는 그 소리에 용기를 얻었는지, 브래지어 안으로 손을 집어넣었다. 좀 전에 입술이 살짝 부딪혔을 때의 짜릿함은 사라졌다. 지금 나의 감정이 무엇인지 잘 모르겠다. 다만 혼란이란 단어를 몸 전체로 이해했다. 오빠의 손을 브래지어 밖으로 꺼내놓으니 이번엔 다른 손이 팬티 속으로 파고들고 있었다. 이건 한 번도 상상한 적도 없는 일이다.

안 된다고 배웠다. 그럴 때마다 나와는 상관없는 일이라고도 생각했다. 오빠의 손목을 잡으며 저지해보았지만, 오빠의 손이 더 거칠게 움직였다. 오빠를 더 세게 밀쳐내면 오빠가 많이 민망해할 것 같다. 그러면 다시는 오빠를 볼 수 없을지도 모른다. 머릿속이 계속 시끄러웠지만 그냥 오빠를 내버려두기로 했다. 아랫도리가 뻐근해왔다. 내가 생각했던 오빠는 이런 사람은 아니었다. 그리고 내가 상상하던 사랑 또한 이런 것은 결코 아니었다. 좀 더 로맨틱하고 아기자기한 사랑을 꿈꿨었는데 어쩌다가 일이 이 지경까지 되었는지 모르겠다. 이렇게라도 내가 오빠

에게 위로가 되었다면 다행이라고 생각하며 이 상황을 그냥 정
리하는 수밖에 별 도리가 없었다.

19.

　다음 날부터 오빠는 나를 피하기 시작했다. 내가 마치 자기에게 큰 잘못을 저지른 것 같다. 엄밀히 따지자면 사과는 내가 받아야 할 것 같은데 말이다. 그래도 오빠와 이 어색한 분위기가 죽도록 싫었다. 아쉬운 사람이 우물을 파는 수밖에. 오빠에게 편지를 썼다.

　그날 일은 아무에게도 말하지 않는 우리만의 비밀이어야 하며 우리도 없었던 일로 생각하고, 그냥 편한 선후배로 지내자는 뭐, 그런 내용이었다. 그렇게라도 오빠와 좀 더 가까이 있고 싶었다.

　편지를 받은 오빠의 반응이 궁금해 견딜 수 없어 오빠의 주변을 어슬렁거리기 시작했다. 오빠가 보였다. 나를 보고 웃는다. 이제 됐다. 여름의 무더위에 오빠가 지치지 않고 열심히 공부할 수 있도록 그날과는 다른 방법으로 응원을 해야겠다.

난 자주 오빠에게 응원의 편지를 썼다. 동아리 모임이 있을 때마다 초콜릿이나 음료수 등과 함께 편지를 전했다.

"얘들아, 진혁 오빠가 이상하게 나만 보면 웃는다."

태라의 말이었다.

"이거 바보 아냐? 자야보고 웃는 거잖아."

역시 선영이는 눈치가 빠르다.

"너, 어떤 남자랑 우리 언니 카페 갔었다며? 언니에게 들은 인상착의론 딱 김진혁이던데. 실토하시지."

당황함을 어찌하지 못하고 있었는데, 태라와 영주가 정말이냐고 호들갑을 떨어주어 오히려 시간을 벌 수 있었다.

"그럼 뭐야? 그 오빠랑 사귀는 거야?"

"아니, 그냥 일요일에 우연히 동아리 방에서 만났어. 우울해 보여서 같이 카페에 갔던 거고."

"그 오빠가 우울할 일이 뭐래? 공부도 잘하면서."

전교 10등 안에 드는 영주는 성적표가 나올 때마다 전교 1등을 못 해 우울해진다. 그러나 전교 1등이 전국 석차로 우울할 일은 상상하지 못하는 모양이다.

진혁 오빠 내게 한 번도 답장이란 걸 하지는 않았지만, 가끔씩 마주칠 때마다 웃어주는 모습만 봐도 그저 좋았다. 오빠의 미소를 보며 조금은 내가 오빠에게 힘이 되고 있는 것 같아 그것만으로도 좋았다.

8월에 있는 수능 시험에서 진혁 오빠는 전국 등수 상위를 차지하며, 학교를 떠들썩하게 했다. 우리나라 최고 대학을 가고도 남음직한 성적이라고들 했다.

'네가 사준 찹쌀떡 덕분이야.'

시험을 잘 치른 걸 축하한다는 편지를 보냈을 때, 오빠가 내게 한 첫 답장이었다.

난 그 단 한 줄의 메시지만으로도 하늘을 날 것 같았다.

찌는 무더위 속에 큰 시험을 치른 탓인지, 고3 교실은 어수선해졌다. 결과가 좋든 좋지 않든 성적표가 나왔으니 이제 공부를 그만해도 된다며 아예 펜을 놔버리는 학생들도 생겨났다.

이를 보며 선영은 이거 참 좋은 제도라며, 자기도 고3이 되면 8월까지만 공부를 하겠다고 미리 들떠 있었다. 진혁 오빠야 말로 이제 공부를 그만해도 좋으련만 다음에 시험을 잘 보는 학생들이 많아질 것을 대비해야 한다고 더 공부에 매진하는 모습이었다. 빛나는 성적표 때문인지 잠시 잠깐 스치며 보는 오빠의 표정은 항상 밝아 보였다. 내 앞에서 울음을 터뜨렸던 6월의 오빠는 사라지고 없었다. 다행이었다.

20.

우물쭈물하는 사이에 개학이 되었다. 개학날 아침, 날 당황하
게 만든 건 밀린 숙제도 아니고, 방학 내내 습관처럼 즐기던 늦
잠도 아니었다.

이 무더위 속에서도 열일곱 살은 살이 찌나보다. 배에 힘을
주고 낑낑거리다가 도저히 단추를 채울 수 없어서 호들갑을 떨
며 엄마에게 옷핀을 얻어 겨우 교복 치마를 고정시켰다.

"엄마, 나 살찐 것 같아?"

"아니, 잘 모르겠는데?"

엄마는 무심하게 말했지만, 인구는 모처럼 누나를 놀릴 기회
를 놓칠세라 얼굴이 호빵 같아졌다면서 큰 소리로 떠들었다.

억지로 고정시켜놓은 옆구리에 핀이 보일까봐 신경쓰여 조심스레 걷고 있는데, 인구가 빨리 오라고 재촉했다.

"아, 지각하겠어. 살이 쪘다더니 그새 그렇게 둔해진 거야?"

평소 같으면 당장 달려가 머리를 한 대 쥐어박았으련만, 지금은 인구의 말보다 빵빵해진 허리춤에 온 신경이 가 있었다.

"나 살찐 것 같아?"

점심시간 오랜만에 친구들과 교정에 모여 앉았건만, 나의 관심은 온통 내 살뿐이었다.

"괜찮아. 별로 티 안나."

영주는 영어 단어장을 들고도 젤 먼저 대답했다. 태라도 괜찮다고 위로해주었건만, 선영이는 내 몸을 이리저리 살피기 시작한다.

"음, 얼굴은 괜찮은데."

그러더니 갑자기 배를 툭 때린다.

"야, 이게 뭐야?"

난 옆구리에 옷핀마저 들킬까봐 좀 창피했지만, 거기에서 멈출 선영이가 아니다. 이내 옷핀을 발견해버린다.

"헉, 이 정도야? 애 낳으시겠어요."

"야, 말이 좀 심하잖아."

내가 대꾸할 겨를도 없이 태라가 선영의 말을 가로막는다. 그러면서 태라는 친구 간의 예의를 운운하며 선영에게 핀잔을 주었지만, 거기에 기죽을 선영이도 아니다. 둘의 말다툼이 이어지는 동안, 난 선영의 농담을 계속 곱씹고 있었다.

그러고 보니, 방학 내내 생리를 하지 않은 것이다. 그동안 진혁 오빠의 기분을 살피느라 내 몸은 전혀 신경쓰지 않고 지냈다.

"미안해. 기분 나쁜 거 아니지?"

"응, 뭐가?"

선영의 느닷없는 말에 겨우 정신을 차렸다. 선영이와 태라의 설전은 태라의 승으로 끝났고, 선영은 나에게 사과를 하고 있었다. 그러나 나에겐 그런 건 지금 하나도 중요하지 않았다.

"막말해서 미안하다구."

"어, 괜찮아."

"표정이 괜찮지가 않은데?"

영주는 단어장을 들고도 내 표정을 놓치지 않는다. 설마 하는 불길한 예감이 온통 머리를 휘젓고 있었다. 갑자기 막막해져왔다. 지금은 혼자 있고 싶다.

"나 먼저 들어갈게."

"여자야, 정말 화난 거야?"

돌아서는 뒤통수에 대고 선영이 말을 한다. 선영이답지 않게 소심한 모습이다. 그런데 지금은 선영이의 기분을 살필 여력이 없다.

"아니야."

들렸는지 안 들렸는지도 모르겠다. 교실로 돌아와 자리에 앉았다.

설마 아닐 거야. 딱 한 번인데. 그럼 왜 생리를 안 하지? 10대는 아직 불안정한 상태라고 했잖아. 규칙적이지 않을 수도 있다고 배웠다. 그래 그럴 거야. 그럼 왜 살은 찌는 거지? 안 먹어도 살이 찌는 나이다. 여름 방학 동안 게으름을 피운 탓일 거야. 괜찮아. 아닐 거야.

오후가 어떻게 흘러갔는지 모르겠다. 선생님의 말이 하나도 귀에 들어오지 않았다. 8월 말의 늦은 더위에 지쳐 있는 아이들을 다독이느라 선생님은 나의 딴 생각까지는 신경쓰지 못하는 것 같았다.

저녁 시간이 되어서도 밥맛이 전혀 없었다. 그저 멍하니 무엇을 해야 할지 전혀 알 수가 없었다. 그런 나를 영주는 무심히 놔두어주었지만 조금 후에 선영이가 찾아왔다. 점심시간의 일이 내내 마음에 걸린 모양이다. 저녁도 먹지 않았다는 것을 영주에게 전해 듣고는 더욱 그랬다. 괜찮다고 아무리 말을 해도 선영은 막무가내로 매점으로 끌고 가 빵과 음료수를 사서 나에게 먹였다. 선영이가 지금 더 많은 돈을 가지고 있지 않은 것이 그나마 다행이었다. 선영이가 내미는 빵과 음료수를 억지로 입에 욱여넣으니 야자 시간 내내 속까지 거북해 견디기가 힘들었다.

늦은 밤인데도 온갖 걱정으로 잠을 이룰 수가 없었다. 모두가 잠든 시간, 조용히 집을 빠져나와 동네를 뛰기 시작했다. 툭 불거진 뱃살을 처리하는 게 목적인지, 온갖 불길한 예감을 잠재우기 위함인지 나로서도 불분명했다.

늦은 밤까지 뜀박질을 한 탓에 늦잠을 잤다. 땀범벅이 되어서 그대로 잠이 들었는데, 늦잠을 자는 바람에 샤워도 못하고 내 꼴은 엉망이었다. 땀내 나는 몸과 꾀죄죄한 몰골, 쏟아지는 졸음으로 또 하루를 어떻게 견뎠는지 모르겠다.

견디는 힘 하나는 대한민국 고등학생들이 1등일 거라는 생각을 해본다. 오늘은 절대 진혁 오빠에게 내 모습을 들키지 말아야겠다는 생각에 저녁 시간에 있는 동아리 모임에 가지 않았는데, 저녁 시간이 끝날 무렵 진혁 오빠가 교실로 찾아왔다. 오빠가 나를 찾아오다니, 이렇게 영광스런 날이 왜 하필 또 오늘이란 말인가.

"한 번 더 말도 없이 동아리 모임 무단결석하면 자야 너, 그땐 혼난다."

진혁 오빠는 이렇게 말하면서 웃고 있었다. 도대체 혼을 내겠다는 건지. 나를 약 올리러 온 건지 도무지 알 수가 없다.

"살 좀 쪄도 괜찮아. 그래도 자야 너 꽤 귀여운 거 알아?"

이런 영주가 내 얘기를 했나보다.

진혁 오빠가 나의 교실에 직접 찾아오다니, 게다가 귀엽다고?

17년의 내 인생 전체를 걸고 감동해야 할 것 같은데, 지금의 꾀죄죄한 내 몰골과 내 머릿속을 가득 채운 근심거리 앞에서 진혁 오빠의 방문은 귀찮고 민망한 일에 불과했다.

21.

일주일을 어떻게 견뎠는지 모르겠다. 여전히 생리는 나오지
않고 있다. 일요일이 되어 엄마의 스카프와 립스틱을 몰래 훔치
다시피 하여 무작정 버스를 탔다. 어디로 가는지는 중요하지 않
았다. 그냥 집에서 먼 곳이면 된다고 생각했다. 버스 안 맨 뒷자
리에 앉아 스카프를 두르고 립스틱을 발랐다. 최대한 여고생으
로 보이지 않기 위한 작전인데 어색하기만 했다.

20여 분쯤 왔을까. 운전사 아저씨가 백미러로 자꾸만 나를
쳐다보는 것 같아 무작정 버스에서 내렸다. 아마도 가출 소녀로
생각하는 것 같았다.

한적한 마을이었다. 이런 곳에 약국이 있을 리가 없겠다 싶

어 상가 건물이 모여 있는 곳을 향해 무작정 걸었다. 그렇게 30분쯤 걷고 나니, 약국이 보였다. 약국 안을 몰래 들여다봤다. 다행히도 친절해 보이는 젊은 아줌마가 있었다. 주변을 어슬렁거리다가 손님이 하나도 없을 때 약국 안으로 들어갔다.

그러지 않으려고 노력했지만 목소리가 떨렸을 거다. 임신 테스트기를 달라고 하자 친절한 아줌마는 고개를 갸웃하더니, 진열대로 돌아서 물건을 찾아와서 사용법을 자세히 일러주었다. 그리고도 아줌마는 무언가 더 할 말이 있는 사람처럼 보였다. 잠깐의 침묵도 어색해 돈을 내고 도망치듯 뛰어나왔다.

밖으로 나오니 세상이 빙빙 도는 듯 어지러웠다. 시내버스를 타고 온 곳이지만 처음 와보는 곳이었다. 지금 어디로 가야 할지 모르겠다. 버스 정류장에 한참을 멍하니 앉아 있다가 집으로 가는 버스를 탔다. 그래도 갈 곳은 집밖에 없었다. 버스에서 스카프를 벗어 가방에 넣고 거울을 봤다. 립스틱은 이미 다 지워지고 없었다.

집에 돌아오니, 엄마 혼자 있었다. 인구는 놀러 나가고, 아버지는 할아버지 댁에 가셨다고 했다. 추수를 앞두고 바쁜 계절이었다. 엄마는 말도 없이 어딜 다녀왔냐며 타박을 하곤 옆집에 다녀온다고 나가셨다. 지금 엄마가 잠시 집을 비워준다면, 그 정도 타박은 충분히 들어줄 만한 것이었다.

엄마가 나가자 엄마의 스카프와 립스틱을 제자리에 가져다

놓고 테스트기를 들고 화장실로 갔다. 소변을 보는데 심장이 쿵쾅거렸다. 소변은 쉬지 않고 나온다. 몇 시간 동안 화장실에 가지 않은 게 생각났다.

꼭 감고 있던 눈을 떴다. 테스트기에 선명하게 두 줄이 보였다. 두근대던 심장이 멈춘 듯하다. 시간도 멈춘 듯하다.

얼마나 지났을까. 현관문이 열리는 소리에 정신을 차렸다. 테스트기를 휴지에 꼭꼭 싸서 화장실을 나왔다. 아빠였다. 아빠를 보니 멈추었던 심장이 다시 쿵쾅거린다. 손을 뒤로한 채 방으로 뛰어 들어갔다.

"너, 아빠보고. 원 녀석."

문 뒤로 아빠의 목소리가 들린다. 인사를 제대로 안 하면 늘 듣는 꾸중이건만 아빠의 목소리가 무섭게 느껴진다. 아니, 세상의 모든 게 무섭다. 이대로 내가 흔적 없이 사라져버렸으면 좋겠다.

불뚝 튀어나온 배, 가족들과 친구들의 놀라는 얼굴, 사람들의 야유 섞인 아우성, 그리고 예쁜 아가의 울음소리. 이후 정적이 흘렀다.

꿈이었다. 비닐봉지에 꼭꼭 싸서 가방 밑바닥에 넣어둔 테스트기를 찾아보았다. 그건 꿈이 아니었다.

아침이면 들려오는 엄마의 잔소리도 들리지 않고, 집 안은 조용했다. 시계를 보니 11시를 가리키고 있었다. 밖은 깜깜했다.

"무슨 잠을 그렇게 자. 저녁도 안 먹고."

방문이 열리더니 엄마가 들어온다. 재빨리 테스트기를 가방 안에 감추었다.

"어머, 얘 땀 좀 봐. 자야야, 어디 아파?"

엄마가 이마를 짚어본다. 나도 모르게 엄마의 손길을 피한다.

"어, 열은 없는데."

"나 괜찮아. 엄마."

엄마는 괜찮다는 내 말 한 마디에 쉽게 안심해버렸다. 나에게 엄청난 일이 벌어졌는데, 괜찮다는 한 마디에 안심하는 엄마가 야속했다. 하지만 어쩔 수 없는 일이다.

"뭐, 좀 먹을래? 저녁도 안 먹었잖아."

"배 안고파. 그냥 더 잘게."

"다이어트 한다고 일부러 굶는 거 아니지? 니 나이 땐 살 좀 쪄도 괜찮아."

"아니야. 배고프면 내가 먹을게."

내 안에 무슨 일이 일어나는지 까맣게 모른 채, 잔소리를 하고 있는 엄마를 빨리 이 방에서 내보내고 싶었다.

다행히 엄마는 더 이상 나를 귀찮게 하지 않고 하품을 하며 방을 나갔다. 그러나 지금 이 순간 나에게 다행인 일이 무엇이 있을까. 적막 속에서 뜬눈으로 밤을 새웠다.

정말 학교에 가기 싫었지만, 아프다고 하면 병원에 가야 할 것 같아 할 수 없이 학교에 갔다.

22.

　아무에게도 나의 고민을 말하지 못한 채 나오는 배를 감추는 데만 집중하며 지내다가 10월이 됐다. 그러나 영원한 비밀은 없었다. 아니, 그럴 수도 없는 노릇이었다.

　담임 선생님의 심부름으로 교무실에 갔는데, 가정 선생님이 나를 불러 세웠다. 영문도 모른 채 내 몸은 저절로 움츠러들었다. 어쩌면 지은 죄가 있으니 그랬는지도 모르겠다. 가정 선생님은 내 얼굴과 배를 번갈아 살피더니, 양호실로 따라오라고 했다. 그리곤 양호실에 들어서자마자 나의 허리춤을 막무가내로 더듬었다. 최선을 다해 가정 선생님의 손을 막아보려 했지만, 선생님의 거친 손을 막아낼 수 없었다. 힘이 아니라 선생님이라는 지위가 이런 절박한 상황에서도 나를 힘 못쓰게 만들었는지도 모르겠다. 선생님은 결국 나의 거들까지 벗겨내어 불룩한 배를 확인하고야 말았다. 가정 선생님은 속도위반으로 나오는 배를 감춘 경험이 있어서 나의 상태를 더욱 빨리 눈치챘을 것이다.

가정 선생님은 나의 상태를 모든 선생님께 알렸고, 나를 학생 징계 위원회에 넘긴다고 했다. 가정 선생님은 이 일에 무척 적극적으로 나섰다. 무언가 신나는 일을 맡은 사람 같았다. 아직도 학교엔 가정 선생님의 속도위반 스캔들이 회자되고 있었다. 가정 선생님은 나의 일로 자신의 스캔들을 덮으려는 모양이다. 내가 감당할 수 없는 일을 벌인 건, 아니 벌어진 건 사실이지만, 징계 위원회라는 건 상상해보지 못한 일이었다.

부모님이 학교에 오셨다. 여러 선생님들이 탄식과 비난의 말을 쏟아내며 야유의 눈총을 쏟아냈을 뿐 어떤 결론도 내리지 못한 징계 위원회였다. 차라리 맞아 죽어도 이 눈빛들보다 아프진 않을 거 같았다. 마냥 죄인처럼 고개를 숙이고 훌쩍이는 엄마, 분노와 수치심 가득한 표정의 아빠가 이 와중에도 보였다.

사람의 생명이란 얼마나 강한 것인지 쏘아지는 눈총에 죽지는 않는 모양이다. 담임 선생님은 임신한 학생을 징계하는 교칙은 없다며 나를 감싸다가, 오히려 다른 선생님들로부터 부도덕한 사람으로 취급당했다.

성폭행을 당한 거냐고 묻는 선생님이 있었지만, 아무 대답도 할 수 없었다. 성폭행인지 아닌지 헷갈렸다. 난 진혁을 많이 좋아했지만 그런 관계를 원해본 적은 없다. 이어지는 아이 아빠가 누구냐는 추궁에도 입을 열 수 없었다. 진혁을 지키기 위해서가 아니었다. 이런 모진 고문을 견디며 지킬 만큼 나의 사랑은 그렇게까지 대단한 것은 아니었다. 누가 그 말을 믿겠는가. 학교의 자랑인 진혁이 아이 아빠라고 하면 누가 믿겠는가. 진실을 밝히는 것보단 그냥 조용히 버티는 게 모든 이에게 그나마 덜 충격적일 것 같다고 생각하며 난 그냥 독박을 자청했다.

엄마는 미리 알았다면 아무도 모르게 낙태 수술을 했으면 될 일을 사태가 이 지경이 되도록 자신에게 알리지 않은 나를 원망했다. 지금에서 하는 말이지, 엄마가 미리 알았다고 하더라도 하늘이 무너지는 것은 마찬가지였을 것이다.

미리 엄마에게 알린다는 그 생각을 왜 해보지 않았겠는가. 그러면 엄마의 반응도 선택도 충분히 상상이 가는 일이었다. 입을 뗄 수가 없었다.

아버지는 그날 이후 늘 화가 나 있었고, 오직 동네 창피하단 말로만 나와 엄마를 동시에 몰아세웠다. 소문은 바로 옆에 붙어 있는 중학교에도 삽시간에 퍼졌다. 인구도 입장이 난처해진 모양인지, 내게 말 한 마디 건네는 법 없이 늘 화가 나 있었다.

일이 터지자 친구들도 놀라긴 마찬가지였지만, 왜 같이 상의

하지 않았는지 원망만 했을 뿐 다른 이들처럼 나를 외면하진 않았다. 친구들은 단지 나와 친하다는 이유로 뭇사람들의 따가운 눈총을 받아야 했다. 모두 그런(?) 아이들로 낙인찍힌 것이다. 그럼에도 친구들은 나와의 우정을 버리지 않았다.

"누구야? 우리에겐 말해도 되잖아."

친구들의 질문에도 입은 떨어지지 않았다.

"혹시, 설마. 김진혁. 아니지?"

영주는 자신의 예감을 의심하는 말투로 말했다.

영주에게서 그 이름이 나오자 눈물이 쏟아졌다. 모두 놀라고 흥분했다. 친구들 입에서 여러 가지 욕이 쏟아졌다.

"얘들아, 제발."

나의 한 마디에 친구들은 조용해졌다.

"너희들도 믿기 힘들잖아."

눈물이 하염없이 쏟아지는 바람에 한 마디 하는 것도 버거웠다.

친구들은 내가 왜 그동안 말하지 못했는지 단번에 이해하는 것 같았다.

눈이 퉁퉁 부어 집에 들어갔지만, 엄마는 내 모습을 보고 한숨만 지을 뿐, 그걸 가지고 뭐라고 하는 사람은 아무도 없었다. 옛날 같으면 아빠는 우리 딸을 누가 울렸냐고 펄쩍 뛰셨을 거다.

학교를 떠나 온 동네에 모르는 사람이 없을 정도가 됐으니 더 이상 나오는 배를 감추려 복대를 하지 않아도 된다고 생각했다. 교복 치마가 맞지 않아 엄마의 고무줄 치마를 학교에 입고 갔더니 복장 불량으로 과한 벌점이 매겨졌다. 내 사정을 모르는 이가 아무도 없는데 말이다. 교복 스커트의 허리를 잘라 아예 고무줄을 넣어달라고 세탁소에 부탁했다. 주름 선을 모두 뜯어내고 허리에 고무줄을 넣으니, 치마엔 주름을 넣었던 바느질 자국이 선명하게 남아 있었다. 세탁소 아주머니가 열심히 다림질을 해주셨지만, 바느질 자국은 마치 주홍글씨처럼 사라져줄 기미가 안 보였다. 이건 치마가 아니라 말 그대로 포대 자루였지만, 하는 수 없이 다음 날에 포대 자루가 되어버린 교복 치마를 입고 학교에 갔다. 포대 자루가 된 치마는 나의 볼록한 배에 앞자락이 들리며 더욱 우스워졌다. 그 모습을 본 학생들과 선생님들은 나를 마치 동물원에서 처음 만난 동물을 구경하듯 뚫어져라 바라봤다. 뒤통수에 대고 키득거리는 비웃음을 못 들은 척 견디며 일주일을 버텼다.

점점 나오는 배를 혼자서 감추며 이런 날이 두렵지 않은 것은 아니었다. 그래도 이런 비난에 대한 두려움보다 어떻게 아이를 낳고 키울 수 있을까에 대한 고민이 더 깊었다. 아직 아이를 어떻게 낳아야 할지 키워야 할지 아무런 대책도 마련하지 못했는데, 상상 이상의 야유와 비난을 견뎌내는 데 에너지를 소모하고 있었다.

난 그들에게 아무런 잘못을 한 게 없는데, 그들은 왜 나를 벌레 보듯 하며 비난하는지 모르겠다.

두 번째 열린 징계 위원회에서는 면학 분위기를 망친다는 이유로 나에게 자퇴서를 강요했다. 출산을 위한 휴학계가 아닌 자퇴를 가장한 퇴학인 것이다.

담임 선생님은 나의 자퇴를 막아보려 애쓰셨지만, 나를 감싸는 담임 선생님이 아이 아버지가 아니냐는 괴소문까지 나도는 판이어서 나도 더 이상 학교에 대한 미련은 포기해야 했다. 그거야말로 선생님께 피해를 주는 일이니까 말이다.

자퇴가 결정되고 나니, 인구도 학교에 가지 않겠다고 했다. 누나에 대한 구설이 아직 어린 인구가 감당하기엔 꽤 큰 것이었을 거다. 어쩌다가 내가 집안 모두를 망신 주는 이런 존재가 되어버렸는지. 한 순간 벌어진 일에 대한 후폭풍은 나도 가족도 감당하기 힘든 것이었다.

엄마는 인구를 위해 타 도시로 이사할 준비를 했다. 나에게는 차마 치워버리지 못하는 암적인 존재라는 답답함의 시선과 한숨만을 던지면서.

며칠 후 담임 선생님이 집으로 찾아오셨다. 미혼모들이 함께 생활하고 아이를 낳을 수 있는 곳을 알아 오신 것이다.

아빠는 내내 못마땅한 표정을 지으시며 수락했다. 이런 걸 알아봐준 담임 선생님께 고맙다고는 못 할지언정 또 동네 창피하단 말만 연신 할 뿐이었다. 아빠는 나를 하루 빨리 이 동네에서 내보내고 싶었을 거다. 나도 그랬다. 하루 빨리 이 집에서 떠나고 싶다.

23.

이런 난리를 겪는 통에 11월이 되었다. 한편으론 두려움에 떨고 있을 진혁이 걱정되었다. 가기 전에 아무 걱정하지 말고 시험을 잘 보라는 말을 해주고 싶었다. 이것은 오직 나의 문제라고. 그렇게라도 그를 위로하고 싶었다.

미혼모 숙소에 가기 전 날, 찹쌀떡을 사 들고 그의 집 앞에서 기다렸다. 11월이지만 밤공기가 차가웠다. 작년에 입던 코트는 작아져 앞이 여며지지 않았다. 한참을 기다린 끝에 진혁이 터벅터벅 걸어오는 모습이 보인다.

진혁은 담벼락에 붙어 있는 나를 보자마자 사색이 되어버린다. 내가 이곳에 온 걸 아무도 모른다는 말을 하기도 전에, 아무 걱정 말고 시험을 잘 보라는 말을 하기도 전에, 진혁은 빨리 가라고 숨죽여 외치고는 찹쌀떡을 내미는 나의 손을 세게 내려치고는 집으로 들어가 버렸다.

다음 날, 담임 선생님은 아침 일찍 나를 데리러 오셨다. 세 시간쯤 걸릴테니 편히 한숨 자라고 하셨지만 잠이 오지 않았다. 낙엽이 떨어져 뒹구는 거리의 황량한 풍경만 넋 놓고 바라볼 뿐이었다.

"나에게만 말해줄 수 없겠니?"

선생님이 조심스레 물으신다.

어젯밤 진혁의 행동을 생각하면 진혁이 나에게 했던 행동들을 낱낱이 고발하고 싶었지만, 아무 말도 할 수 없었다. 선생님을 못 믿어서가 아니었다. 선생님께 새로운 부담을 드리기 싫어서였다.

미혼모 숙소에 있는 동안 가족들은 한 번도 내게 연락하지 않았다. 마치 전염병 환자가 된 기분이었다. 하지만 모두 같은 처지라 누구도 누구를 비난하지 않는 그곳에서의 생활이 차라리 좋았다.

겨울 방학이 되니 친구들과 담임 선생님이 찾아왔다. 그들은 불룩해진 내 배를 신기하게 바라보며 격려해주었다.

진혁이 11월 수능을 개판쳤다는, 그래도 8월 성적이 좋아 서

울대에 합격했다는 소식을 전해주고 갔다.

3월의 둘째 날, 모든 학교에서 입학식이 진행되는 날. 나는 아이를 낳았다.

아이의 보드라운 살결과 꼬물거리는 작은 손가락, 똘망한 눈망울과 젖을 찾아 오물거리는 작은 입은 지난날의 고통을 모두 씻어주는 듯했다.

아이를 보고 있으면, 신입생의 설렘을 가득 안고 대학 생활을 하고 있을 진혁이 자꾸 떠올랐다. 그곳에 입성하기 위해 우리나라 고등학생이 거의 다 목을 매고 3년을 살아야 하는 그곳은 어떤 곳일까. 이젠 나와는 상관없는 일이라는 생각도 한다. 하지만 아이를 보면서 대학 따윈 안 가도 괜찮을 수 있을 거 같았다.

아이의 백일이 갓 지난 6월의 어느 날, 연락 한 번 없던 아빠가 찾아왔다. 이곳에 있는 동안 아이를 보는 기쁨에 가족들은 잊고 지냈다. 나에게 일어날 일에 대한 알 수 없는 공포를 느끼며 아빠를 맞았다. 아빠도 반년 만에 만난 미혼모 딸이 어색했는지 그 동안 집을 이사하고 정리하느라 경황이 없었다는 말을 변명 섞인 눈빛과 함께 몇 마디 뱉어내더니, 미국 고등학교 팸플릿을 내밀며 그곳으로 가라고 했다.

내 아이니 당연히 내가 키워야 한다는 말을 미처 하기도 전에, 아빠는 이곳에 더 이상 있을 수도 없고, 고등학교 중퇴로 세상을 살아가기는 힘들다는 것, 그리고 인구를 위해 집에서 함께 지내기도 힘들다는 말과 그래도 나를 위해 넉넉잖은 가정 형편에 미국 고등학교를 알아봤다는 말까지 내가 끼어들 틈도 없이 읊으셨다.

아빠의 얘기 어디에도 아이에 관한 이야기는 없었다. 그리고 또 하나의 서류, 입양 동의서를 내밀었다. 머릿속이 온통 새하얘졌다. 어차피 사람들의 눈을 피해 외국으로까지 가야 하는 거라면 아이를 데려가도 되지 않겠냐고 어렵게 입을 떼었는데, 아빠의 손이 거칠게 내 뺨으로 날아들었다. 그리고도 아빠는 분이 안 풀리는지 매서운 눈으로 나를 한 동안 노려봤다.

"세상 물정도 모르는 어린 애가 무슨 애를 키우겠다는 거야! 내가 이만큼 했으면 됐지. 니가 싼 똥까지 나더러 거두라는 거야!"

똥이라니, 똥이라니…… 이렇게 예쁜 우리 아기에게 똥이란다. 화가 났지만 아빠의 매서운 눈빛에 압도되어 소용없는 눈물만 떨구며 입양 동의서에 사인을 했다. 아무런 예고도 없이 찾아와서는 지금 당장 짐을 싸라고 했다.

짐을 싸는 건 어려운 일이 아니었다. 대부분이 아기의 물건이지 나의 짐이랄 건 옷가지 몇 개가 전부였다. 그나마 만삭 때 입던 옷은 이제 입을 일이 없을 테니 다른 임산부를 위해 이곳에 두고 가는 게 더 나을 일이었다. 그런데 아무런 마음의 준비도 없이 아이와 이렇게 이별을 하라는 건 너무 가혹하지 않은가.

백일 기념으로 아이와 함께 찍어둔 사진 한 장을 챙기려는데, 아빠가 순식간에 사진을 뺏어 찢어버렸다. 아기와 나의 얼굴이 바닥에 아무렇게나 나뒹굴었다. 그리곤 건물 밖으로 끌려나와 차에 짐짝처럼 팽개쳐졌다. 난 이 어이없는 상황에 저항할 아무런 힘도 남아 있지 않았다.

제3부

신인류의 사랑법

24.

병원 냄새가 난다.

"괜찮겠지?"

"그럼, 잠시 정신을 잃은 것뿐인데."

친구들의 목소리다. 안심하고 눈을 떴다.

"자야야, 정신 들어?"

라고 말하는 선영을 향해 고개를 끄덕여주었다. 태라가 급하게 밖으로 뛰어나갔다. 곧이어 의사가 들어와 내 눈을 뒤집어보고, 몇 가지 성의 없는 질문을 하더니 안정을 취하라는 말만 남기고 병실을 나간다.

정신을 잃기 전, 수현이와 함께 있었던 기억이 난다.

"수현이는?"

"어, 밖에 있어."

영주의 목소리는 언제나 다정하다.

"너희들 수현이를 알고 있었던 거야?"

친구들이 조용히 고개를 끄덕인다.

"다 기억이 난 거야? 수현이 들어오라고 할까?"

태라의 말에 눈물이 흐른다. 아직은 수현이를 볼 자신이 없다.

"그래, 일단은 돌아가 계시라고 해야겠다."

영주가 병실 밖으로 나간다.

"수현이 말고 또 누가 있어?"

"선생님."

수현은 의식을 잃은 나를 병원으로 옮기고, 먼저 그의 부모님께 알렸다. 그리고 수현의 부모님은 선영에게 전화를 걸어 이렇게 모두가 모이게 된 것이다.

"일단 돌아가 계시는 게 좋겠다고 했어."

영주가 다시 들어와 얘기한다.

정신이 들자마자 제일 먼저 알아차린 병원 냄새가 역겹게 느껴졌다.

"집에 가고 싶어."

"벌써 괜찮겠어?"

선영이가 퇴원 수속을 하고, 영주는 옷 입는 걸 도와주었다. 그리고 태라의 차를 타고 집으로 향했다.

내가 수현이를 낳고 미국으로 간 후, 선생님이 수현이를 입양했다고 한다. 친구들은 가끔 수현이에게 들러볼 수 있어 좋았다고. 한국에 돌아온 내가 수현이를 낳은 사실을 기억하지 못하는 것 같아서, 자기들도 모두 수현이를 선생님께 맡기고 수현을 잊기로 했다는 것이다. 그때 수현이의 나이 다섯 살, 한참 재롱을 부릴 나이였는데, 자신들도 수현이 보고 싶어 힘들었다는 이야기를 하며 영주는 펑펑 눈물을 쏟아낸다. 나를 옆에 두고 속이는 일 같아 힘들었다는 말도 한다.

기억이 돌아오고 친구들의 존재가 더욱 고맙게 느껴진다. 그리고 그동안 내가 왜 가족들로부터 철저히 외면당하고 살아왔는지도 이해가 됐다.

집에 도착해서 영주는 어질러진 집을 치우느라 분주했다.

"놔둬, 어차피 금방 그렇게 돼."

나보다 선영이 영주를 말렸다.

"자야야, 일단 좀 누워. 차타고 오느라 힘들었지? 어지럽진 않아?"

영주는 선영의 말을 무시한 채, 손으론 청소를 하며 입으론 계속 나를 챙겼다.

"일단 뭐 좀 먹어야 하지 않아? 하루 넘게 잠만 잤잖아."

"죽이 좋겠다."

검색에 빠른 선영이가 재빨리 죽 집을 찾아 사러 나섰다.

죽도 잘 먹었고, 생각을 정리할 시간이 필요한데 친구들은 집에 갈 생각을 하지 않았다.

"혼자 있어도 괜찮겠어?"

저들끼리 당번을 짜 나를 돌보기로 계획하며 학원에 휴가를 내라고도 했다. 까딱하다간 태라도 휴가를 낼 판이다.

내가 기억하기 전에도 수현은 있었고 내가 낳았다. 단지 그 것을 기억해낸 것뿐인데 뭐 대단한 일이 생긴 거라고 이러는지. 이 친구들이 있어서 그 동안 살 수 있었던 것 같다.

25.

가슴에 새로운 돌덩이를 하나 안은 채 일상으로 돌아왔다. 하지만 내 기억이 가져온 새로운 돌덩이는 그전에 가졌던 외로움이란 돌덩이엔 없는, 가끔은 미소가 머금어지는 그런 것이었다.

화장실에 가면서도 폰을 손에서 놓지 못했지만, 그러면서도 먼저 연락을 해보진 못하겠다. 보고 싶기 전에 미안하고, 어떻게 대해야 하는지도 모르겠다. 그렇게 일주일이 지나 수현에게 먼저 전화가 왔다.

"종강했어요. 나 휴학계 내야 하는데 학교에 같이 안 가줄래요?"

난 기억 속에 지워진 아들을 찾았어도 일을 놓진 않았는데,

설마 잃어버린 엄마를 찾았다고 휴학하는 건 아니겠지.

"휴학까지?"

"군대 가야죠. 동기들보다 늦었다고요."

다음 날, 수현과 학교 앞에서 만나 점심을 먹었다. 무슨 말을 해야 할지 모른 채 밥만 먹었다. 오히려 수현이 어색함을 달래 보려 너스레를 떨어보지만, 어색한 분위기는 쉽게 사라지지 않았다.

수현이 휴학계를 내러 가는 동안, 캠퍼스 벤치에 앉아 수현을 기다리고 있는데, 낯설지 않은 얼굴과 마주쳤다.

축제 때 주점에서, 마치 내가 못 올 곳에 온 것처럼 날 어색하게 바라보던 재수 없는 얼굴. 그땐 기억하지 못했지만 그건 진혁이었다.

"자야야."

이번엔 그가 내 이름을 부른다. 어디로든 숨고 싶다. 자리에서 일어나 그가 오고 있는 반대편으로 몸을 돌리는데, 진혁이 강하게 내 팔을 붙잡았다.

"잠깐만 얘기 좀 해."

"누구세요?"

애써 모르는 사람처럼 연기를 해보았지만, 내가 생각해도 너무 어색했다. 아, 한 달 전에 이런 상황을 만났더라면 연기가 아니라 난 진짜 자연스럽게 '누구세요?' 할 수 있었을 텐데 말이다.

"그 아이지? 수현이."

무슨 말을 하는 거냐고 펄쩍 뛰었지만, 내 목소리는 떨리고 있었다.

얘기 좀 하자는 진혁과 무조건 피하고만 싶었던 나와 실랑이를 벌이고 있는데 수현이 돌아왔다.

수현은 그저 멍하니 우리 둘을 바라보다가, 어색하게 진혁에게 인사를 건넸다. 그런 상황을 제자에게 들킨 진혁도 민망한지 나의 손목을 곱게 놓고 황망히 자리를 떠났다.

"무슨 일이에요?"

"아무것도 아니야."

26.

며칠 뒤 수현과 두 번째 영화를 봤다.

영화가 눈에 잘 들어오지 않는 건 마찬가지였지만, 처음 그때와는 달리 조금은 편안하게 앉아 있을 수 있었다. 영화보다는 옆자리에 앉은 수현을 바라보게 됐다. 그러면 수현은 내 눈빛을 의식했는지 같이 고개를 돌려 한 번씩 웃어주었다. 수현의 미소를 볼 때마다 가슴이 벅차왔다.

저녁을 먹다가 뜬금없이 수현이 메모지를 건넨다.

"아, 김진혁 교수님이 전화 한 번 해달라고 부탁하던데요. 그리고 저한테 대학원 진학할 생각 없냐고 묻던데요. 자기 밑에서 조교하래요. 군대 안 갈 수 있게 해주겠다면서."

"그래서, 뭐라고 했어?"

"싫다고 했죠."

"왜? 너희에겐 군대 안 가는 건 꽤 매력적인 조건 아니야."

"엄마가 싫어할 것 같아서요."

왜 내가 싫어할 것이라고 생각했냐고 물으려다가, '엄마'라는 말에 눈물이 핑 돌았다. 엄마, 엄마. 내가 수현의 엄마였다. 아무것도 해준 것도 없고, 기억조차 하지 못했던 나를 엄마라고 한다.

"고마워. 그리고 미안해."

참으려던 눈물이 걷잡을 수 없이 쏟아졌다.

"저도 고마워요."

수현이 떨고 있는 내 어깨를 꼭 안아주었다.

"아, 전부터 이렇게 꼭 안아보고 싶었는데. 엄마 냄새 좋다."

참으로 못난 어미라는 말은 마저 할 수가 없었다.

"생명을 지킨다는 게 쉬운 일은 아니잖아요. 더구나 그 나이에. 정말 고마워요. 엄마. 난 이 세상에 태어난 게 참 좋거든요."

다행이다. 이 세상에 태어난 게 좋다니. 자신의 출생에 관해 알고서도 태어난 게 좋다는 말인가. 멋진 녀석이다. 이 아이의 삶을 지켜준 선생님 부부에게 난 무엇을 어떻게 해드려야 할까. 이제 이 아이가 계속 인생을 즐겁게 여길 수 있도록 해야 할 텐데. 내가 무엇을 할 수 있을까. 난 아무것도 가진 게 없는데. 삶의 의미도 목적도 없었던 내게 열심히 살아야 할 이유가 생겼다. 너무 늦은 건 아닌지 걱정이 앞서 온다.

"아, 그리고 어머니가 한 번 집에 초대하고 싶으시다고 하시던데요."

아담한 정원에 채송화가 피어 있고, 대추나무 아래엔 나무로 된 흔들의자가 놓여 있었다. 붉은 벽돌로 지어진 2층 집은 삶의 흔적들이 여기저기 묻어 있었지만, 잘 정돈되어 있었다. 정겨운 집이다.

"어서 와요."

수현의 또 다른 엄마는 내 손을 마주 잡으며 따뜻하게 반겨주었다.

"진즉에 찾아뵀어야 하는데 죄송하고…… 감사해요."

"아니야. 이제라도 만나서 너무너무 반가워 우린. 어서 들어와요. 나 할 얘기 아주 많아. 우리 저녁 먹고 천천히 합시다."

수현의 또 다른 엄마는 날 위해 정성껏 저녁을 마련해주었다. 저녁을 먹고 수현의 방이 있는 2층으로 올라가보았다.

"2층에 방이 하나밖에 없는데 애들이 서로 2층 방만 쓰겠다고 해서 어렸을 때는 1년에 한 번씩 방을 바꿨잖아. 형, 누나 출가하고는 이젠 완전히 수현이 차지가 됐지."

나무 계단을 오르며 수현의 또 다른 엄마가 들려주는 이야기다.

사선으로 된 천장으로 창문이 나 있고, 그 아래 침대가 놓여 아늑했다. 공간도 꽤 넓어서 방 안엔 옷장, 책상 외에도 소파까지 들어와 있었다. 아이들이 왜 이 방을 두고 싸웠는지 이해가 됐다. 차를 마시며 수현의 앨범을 봤다. 수현의 또 다른 엄마는 사진마다 담긴 사연을 일일이 얘기해주신다. 몇몇은 수현에게서 들은 이야기지만, 새로운 이야기도 많았고, 같은 사건을 수현이와 다르게 얘기하기도 했다. 사람마다 기억을 저장하기 전에 편집하는 방법은 각각 다르다는 것을 다시 한 번 느꼈다. 어찌됐든 녀석이 얼마나 사랑받으며 자랐는지는 알 수 있었다.

"이제 내 집처럼 편하게 와요. 우린 가족이지 뭐. 자식을 나눴으니."

녀석이 그 분 품에서 자랐다는 건.

내가 알지 못했던 곳에서 나에게도 행운이 따라오고 있었던 것이다.

마당에서 선생님과 수현이 대추를 털고 있었다. 어린 시절 할아버지 댁에서 많이 보았던 풍경인데 고향을 떠나고는 한 번도 본 적이 없었다. 수현이 나를 보더니 대추알을 건네준다. 그 정다운 손길에 울컥해서 대추알을 손에 쥐고 묵묵히 서 있었다.

"먹어봐. 얼마나 단지 몰라. 농약하나도 안 친거라 바로 먹어도 돼."

알게 모르게 매일 조금씩 먹고 사는 농약일텐데 설마 농약을 걱정했을까. 선생님의 재촉에 한 입 베어 물어 보았다. 예상보다 훨씬 맛있었다.

"좀 싸 주련? 수현아, 안에 들어가서 담을 것 좀 찾아와라."

수현은 '네'하며, 가벼운 몸동작으로 집 안으로 뛰어 들어갔다.

"좀 앉을까."

마당에 선생님과 둘만 남게 되자 선생님은 벤치에 자리를 잡으셨다. 조용히 옆에 따라 앉았다.

"어떻게 그런 생각을 하셨어요?"

선생님께 한 번은 여쭙고 싶었던 질문을 이제야 해 본다.

"아들 하나 더 두고 싶어 그랬지 뭐. 저렇게 잘 자라 주었으니 이만하면 성공한 거 아니냐."

하며 껄껄 웃으신다. 어리석은 질문이었나 보다.

"네가 수현이를 낳을 즈음에 신문기사를 하나 봤는데, 저 녀석이 눈에 밟혀 그랬는지 그 내용이 잊혀지지가 않더라구. 버려진 아이들이 가장 힘들어 하는 건, 버려졌다는 슬픔보다 자신의 부모가 어떤 사람인지 전혀 모른다는 거야. 내 부모가 살인자라서 내 몸에도 그런 피가 흐르고 있으면 어쩌나 한다더라구. 기회가 된다면, 저 아이의 정체성을 찾아주고 싶더라구. 어디 다른 곳으로 멀리 입양 가 버리면 할 수 없는 일이잖니. 제 에미가 저를 낳느라 얼마나 고생한 줄도 모르고, 그런 생각하며 자라게 하고 싶지가 않더라구. 저 사람에게 얘기했더니, 나보다 더 반기더라구. 그래서 인연인가보다 했지 뭐."

감사하다는 말도 가볍게 여겨져 더 이상은 할 수가 없다. 또 주책없이 흐르려는 눈물을 억지로 삼킨다.

27.

　인구가 전화를 해서 주말에 집에 들르라는 말만 하곤 뚝 끊어버린다. 인구의 목소리를 들으니, 영문도 모른 채 주눅 들어 살았던 20여 년이 한 순간에 지나간다.

　인구는 고향 학교에서 제법 잘 나가다가 그 사건 이후로 타도시로 전학해 쉽게 적응하지 못했다. 고향 학교에선 영재란 얘기 들으며 촉망받았었는데, 전학한 후 학교에 잘 적응하지 못하며 그저 그런 성적을 냈다. 그리곤 서울 언저리에 있는 대학에 가까스로 진학해 작은 회사에 다니고 있다. 한참 예민했을 나이에 사람들에게 한바탕 놀림거리가 되었으니, 어쩌면 인구가 그렇게 된 건 다 못난 누나의 탓인 셈이니 미안하게 됐다. 그러나!

인구가 내놓은 건 중년 남자의 사진이었다. 중기계 건설업을 한다는 그 남자는 열심히 일만 하다가 혼기를 놓쳤다고 한다. 일은 거칠지만 알부자라며 먹고사는 걱정 따윈 안 해도 될 거라는 말을 덧붙인다. 아무리 궁색해도 요즘 세상에 누가 먹고살려고 시집을 간단 말인가. 제대로 보고 싶지도 않았지만, 얼핏 보아도 확연히 드러나는 엉성한 머리숱은 남자를 더 늙어보이게 만들고 있었다.

"단점이라곤 이거 하나뿐이라니까. 얼마나 성실하고 좋은 분인지 몰라. 누나한텐 과분할 정도로."

"과분한데 왜 나한테 내밀어?"

"그거야 누나 위해서."

"날 위해서? 날 위해서 그동안 그렇게 벌레 취급했어? 내가 뭘 그렇게 잘못했는데?"

"그걸 몰라서?"

인구가 덩달아 언성을 높이려는 것을 인구 처가 막아섰다.

"그래. 나 온 집안 망신시킨 미혼모다!"

나의 절규와도 같은 외침에 식구들 모두가 당황하는 눈치였다.

"뭘, 잘했다고 그렇게 큰 소리로 떠들어."

아버지가 화를 냈다.

"네, 잘한 건 없지요. 그렇다고 내가 죽을죄를 지은 건가요? 내가 누굴 해치기라도 했냐구요. 그런 일이 없었으면 좋았겠지요. 그런데 일이 생겨버린 걸 저더러 어쩌라구요. 제가 아이를 낳지 않았으면 잘한 건가요? 소문나기 전에 아이를 지우고 아무 일도 없었던 듯이 살면 그 일이 없는 일이 되는 거냐구요? 아픈 순간에 누구보다 같이하는 게 가족이지 소문 겁난다고 덩달아 왕따시키는 게 가족이냐구요!"

흐르는 눈물을 주체할 수 없어 어리둥절해하는 가족들을 뒤로하고 집을 박차고 나와버렸다. 그러기 전에 인구에게 미안하단 말을 했어야 했나. 모르겠다.

28.

손에서 만지작거리기를 몇 시간. 메모지는 헤어질 만큼 닳아 버렸다. 전화를 걸려고 다이얼 버튼 창을 열자마자 손가락에 경련이 일기를 여러 번 반복하다가 이런 내 모습이 한심스러워 떨리는 손을 부여잡고 버튼을 눌렀다. 한 번은 해줄 말이 있다.

그는 기다리고 있었다는 듯이, 장소를 일러주며 만나자고 했다.

"그 사람은 잘 살아요. 초등학생 딸이 둘 있다고 예전에 들은 거 같아요. 신경 쓰지 말고 우리끼리 잘 살면 되요."

"어떻게 알았어?"

"뭐, 그렇게 궁금하진 않았지만, 알게 됐어요. 대학원 얘기를 한 번 더 하더라구요. 그리고 엄마 전화번호를 알려줄 수 없냐고도. 좀 이상해서 제가 태어난 해 아버지가 근무하시던 학교랑 좀 찾아봤는데 김진혁 교수님도 그 학교 출신이더라구요."

말문이 막혀버렸다.

"엄마 번호는 안 가르쳐줬어요. 연락은 엄마 맘대로 하세요. 저는 계속 모르는 척 할래요."

무슨 염치로 감히 수현에게 그런 제안을 하며 나서는가. 약속 장소로 가는 내내 그의 뻔뻔함에 치가 떨렸지만 한 번은 겪어야 할 일이었다.

장소는 대학에서 조금 떨어진 곳에 위치한 카페였다.

입구는 밝았지만, 테이블마다 반쪽짜리 문이 달려 있었다. 20여 년 전 선영의 언니가 하던 그 카페의 모습과 비슷해 더욱 언짢아졌다. 당시엔 이런 분위기의 카페가 유행이었지만, 아직도 이런 곳이 있는 것도 신기했고 굳이 이런 곳에서 만나자고 한 진혁이 더 싫어졌다.

진혁의 단골집인지, 아무 말도 안 했는데 카운터에 있던 여자는 나를 보자마자 눈치 빠르게 구석 테이블로 안내했다.

진혁이 나를 보자마자 벌떡 일어서더니 내가 자리를 잡고 앉을 때까지 벌이라도 받는 소년처럼 그대로 서 있었다.

"앉아."

우스웠다. 그에게 처음 내뱉는 말이 '앉아'가 될 줄이야.

그는 그제야 자리에 앉고도 한 동안 침묵이 이어졌다.

"잘 지냈어?"

어색한 침묵 속에 나도 적이 긴장하고 있었지만, 이 상황에 맞지 않는 인사에 웃음이 터지며 긴장이 풀렸다. 잘 지냈냐니. 20년을 힘들게 살게 하더니, 오늘은 나의 기쁨조가 되려고 작정했나 싶은 생각이 들었다.

저도 말을 잘못했다 싶은지, 꽤나 당황하더니 빨리 화제를 바꿔보려 애썼다.

"어떻게 된 거니?"

"뭐가?"

"어떻게 우리 학교에?"

"너는 어떻게 거기 있니?"

별다른 생각 없이 맞받아쳤지만 생각할수록 맞는 말 같았다. 수현이 그 학교에 진학한 것보다 진혁이 그 학교 교수라는 게 더 말이 안 되는 거 아닌가.

대화의 실마리를 쉽게 찾지 못하는 진혁은 적이 당황하더니, 바로 옛날이야기를 꺼냈다.

선영이가 찾아왔었다고. 자야가 원하지 않는 것 같아 말하지 않고 있지만, 다 알고 있으니 본인이 자수해서 광명 찾으라는 이런 경고를 날리고 갔는데, 도무지 무서워서 그럴 수 없었다고 한다. 진혁의 어설픈 고해성사 어디에서도 감흥은 없었다.

"내가 뭘 하면 좋을까?"

진혁이 떠듬떠듬 말을 이어갔다.

"뭘 하고 싶은데?"

"그냥, 작게나마 도움 될 수 있는 일이 있을까 해서."

"이제 와서 후원자 역할이라도 해서 면죄부를 얻고 싶은 거니? 군대 빼주겠다는 얘기나 하고 그렇게 너처럼 비겁한 사람으로 만들고 싶은 거야?"

"그건 불법이 아니고 아이가 공부도 잘하고 실력이 있으니까."

"그러니 이제 와서 니 도움 따윈 필요 없겠지? 아무것도 하지 마. 아는 척도 하지 마."

"알았는데 어떻게 모른 척해."

"그럼 수현이 제대하기 전에 학교에서 사라지면 되겠네. 그러면 진짜 지난날에 대해 반성하는 거라고 여겨줄게."

진혁이 뒤통수라도 맞은 듯한 표정이다. 이 시대에 우리 나이에 교수직을 그만두라는 게 어떤 의민지 나도 충분히 안다. 단지 수현이에게 아는 척하지 말라는 얘기를 하려고 어렵게 이자리에 나온 것인데, 그의 후회와 반성이 왠지 어설퍼 보여 나도 생각해보지 않았던 말까지 해버리게 됐다.

보통 생각 없이 하는 말은 후회하게 된다고 하는데, 오늘 난 생각지도 않았던 말을 뱉어내고 오히려 시원하다. 이미 많이 가진 이가 동냥하듯 무언가 해보겠다며 면죄부를 얻겠다는 것은 좀 치졸하지 않은가.

29.

　선영이 결혼을 한 후에 우리가 모이는 일이 훨씬 줄어들었
다. 친구들의 안부 전화는 더러 있었지만, 친구들이 고민 바가
지를 들고 내게 오는 일은 그 사이엔 없었다. 오늘은 태라가 자
리를 만들었다.

　"나 임신했어."
　태라의 말에 정적이 흘렀다. 어떤 반응을 보여야 하는 건지
막막했다.
　그러다 선영이가 박장대소를 했다.
　"야, 결혼은 내가 했는데, 왜 임신은 니가 하냐? 세상이 왜 이

런다니."

선영의 말처럼 세상은 아이러니 하다.

"애 아빠는 누군데? 결혼할 거지?"

영주의 물음에 태라는 잠시 말이 없더니,

"그게 뭐 중요해?"

태라다운 말이다.

"그런 말이 어딨어? 너 설마 아이 아빠가 누군지 모르는 거야?"

누구보다 개방적이었던 선영이도 이 대목에선 발끈한다.

"그냥, 내 아이야."

"그거야 그렇지만, 그래도 아빠가 누군지는 알아야지."

"걱정 마. 둘 다 머리카락은 챙겨 두었으니까."

둘이라는 말에 나는 기쁨과 불안이 교차했다.

태라가 두 남자를 만나고 있다는 건, 그중 한 남자와 사랑에 빠질까봐 두려울 때이기 때문이다. 태라가 다시 사랑을 할 수도 있다는 건 기쁜 일이다. 그런데 아이 아빠가 아직 누군지는 모른다는 거다.

"회사는 어쩔 건데? 괜찮겠어?"

"뭐, 버틸 때까지 버텨봐야지. 회사가 날 자를 법적 근거는 없더라고."

"그렇긴 한데. 버틸 수 있겠어?"

"그만 한 각오도 없이 어떻게 아이를 낳아."

이 사회에서 아직도 미혼자가 아이를 낳으려면 중대 각오를 해야 하는구나. 세상은 변한 듯 보이지만 변한 건 없었다.

"그럼 아이 아빠, 아니 두 남자한텐 말할 거야?"

"내가 임신을 했는데, 그게 니 아인지 아닌지는 낳아봐야 한다고 말해?"

"그래, 그건 좀 이상하다."

"그럼 어쩔 건데?"

"헤어져야지. 일단."

모두 근심어린 표정이다.

"야, 걱정 그만해. 나 축하해달라고 너희들 부른 거야."

"아, 그래. 똑소리 나는 김태라 무슨 걱정이야."

선영이 유쾌한 목소리로 상황을 정리했다.

아빠가 분명하지 않은 아이를 가지고서도 모든 걸 감당할 수 있도록 준비되어 있는 태라가 부럽다고 혼자서 생각해본다.

"아, 근데 언제 다 키우냐. 애 대학 가면 환갑인데, 대학은 보낼 수 있으려나. 영주, 아니 자야가 제일 부럽네."

"야, 아직 임신도 못 한 나도 있어. 이것들이 근데."

"애가 꼭 있어야 돼는 건 아니잖아. 넌 돈 많은 남편 있잖아."

"그 돈 많은 남편이 애가 꼭 있어야 한다잖니."

"사람이 다 가질 순 없는 건가봐. 나는 연년생 키우면서 너무 힘들어서 '빨리 커라. 빨리 커라.' 했는데, 지금은 가끔 크는 게 아깝기도 해. 자꾸 내 품에서 멀어지는 거 같기도 하구. 그러니까 태라는 빨리 키울 생각 말고 순간순간을 즐겨. 애들 클 때 얼마나 예쁘니? 하루하루가 다르다니까."

"그러게. 그 예쁜 걸 나는 못 봤네."

말을 하고 나니 나도 모르게 눈물이 맺혔다.

"이그, 수현이처럼 근사한 아들 있으면 세상 부러울 게 없겠다."

"김진혁 말이야."

내 입에서 그 이름이 나오자 모두 놀라는 눈치였다.

"아, 그건 생각 안 나도 되는데, 다 기억난 거구나."

"아, 그 비겁한 새끼."

"우리 그걸 얼마나 멋있다고 했었니. 껍데기만 보고."

"그러게 사람은 겉모습보다 위기 상황에 진가가 드러나는 건데."

"그때 우리가 그렇게 가만히 있는 게 아니었어. 지금이라도 찾아볼까?"

"만났어."

수현의 학교에서 보았다고 하니, 친구들은 좀 전보다 더 놀랐다.

"잘 했어. 그런 놈은 없는 게 나아."

"근데, 그걸로 성이 차?"

"이제 와서 뭘 더 어떻게 해. 그땐 그도 어렸었으니까."

"그래, 진짜 뉘우치는 마음이 조금이라도 있으면 사라질 거야."

"그래. 그때는 우리도 어렸어. 바보같이 아무 말도 못하고."

"그때도 안 사라지면 그땐 우리가 내쫓아버리자."

"그래. 뉘우치는 척하는 놈은 절대로 봐주지 말자."

"근데 지금 우리가 하는 선택과 행동들은 다 옳은 걸까."

"옳아. 난 절대 후회할 일 없을 거야."

태라의 단호한 목소리는 뱃속의 아이를 의식하는 듯했다. 그 단호한 말투에 우린 다시 웃었다.

"그래, 니가 옳아."

우리는 당분간 돌아가면서 태라의 투정을 받아주기로 했다.

30.

"왜 벌써 머리를 깎았어?"

"빨리 실감하고 싶어서요. 속세에 미련두면 안 되니까."

"가기 싫지?"

"좋아서 군대 가는 사람이 있겠어요?"

바보 같은 질문을 했다.

"우리 수현이 어쩜 뒤통수도 잘생겼을까."

"하하, 제가 좀 두루 잘났죠. 그건 엄마가 해준 거잖아요. 왜 뒤통수는 태어나서 백일 전에 만들어지는 거라던데."

그렇지. 100일까지는 갓 태어난 수현과 함께 있었다.

어미젖을 찾아 고개를 돌리는 어린 생명의 경이로움에 감탄하며 지난 시간의 굴욕들을 모두 잊을 수 있었다. 정말 헤어지고 싶지 않았다.

그때를 생각하니 다시 눈물이 나려는 걸 억지로 참아냈다.

못난 엄마는 지금까지 충분히 했다.

"니가 워낙 순했었어. 눕힌 대로 잠자고 잠투정도 별로 안 하고."

"또 기억나는 거 얘기해줘요."

"넌 내가 밉지도 않니."

"아이 참, 또 그런다."

또 바보 같은 말을 했다.

"근데, 할아버지, 할머니께 인사 갈까요?"

"뭐 하러. 안 그래도 돼."

난 내 부모라도 용서가 안 되는데 녀석은 세상 모든 걸 포용하려 하고 있다. 내가 저보다 훨씬 많은 시간을 살았는데 말이다. 사람의 포용력이란 살아온 시간에 의해 정해지는 것이 아닌가 보다. 원래 가지고 태어나는 재능은 더욱 아닐 것이다.

31.

수현이 입대를 하는 날이다. 아침부터 마음이 바빴다. 수없이
마음의 각오를 했지만 이제야 만난 아들과 또 헤어져야 한다는
건 가혹한 일이었다. 선영, 영주, 태라가 모두 배웅하길 원했지
만, 수현은 훈련소 앞의 교통 정체를 얘기하며 차는 꼭 한 대만
가야 한다고, 자신이 교통 정체의 주범이 될 수 없다고 강력하
게 막아섰다. 그래서 선생님 부부와 나, 수현 이렇게만 한 대의
자동차로 움직여 훈련소 앞에 도착했다.

삭막한 공간에 질서 없는 풍경은 수현이 아니면 절대 올 일
이 없는 곳이다.

"들어갈게요. 어서 돌아가세요. 여기 너무 복잡하잖아."

"그래도 사진 한 장은 찍어야지. 이 중요한 순간에."

수현의 또 다른 엄마는 인증 샷을 중요하게 생각하는 분이셨다. 수현과 선생님은 거기에 익숙한 듯 재빠르게 포즈를 취하고 빨리 찍으라고 독촉했다.

사진을 찍고 나서 선생님은 작은 목소리로 나를 불렀다. 영문을 몰라 선생님의 시선이 머문 곳을 따라가 봤더니, 엄마, 아빠가 사람들 틈에서 두리번거리며 헤매고 있었다. 반가움보다는 당황스러움이 앞섰다. 인구가 선을 보라고 사진을 내민 이후에 처음 얼굴을 마주하는 것이었다.

선생님은 벌써 부모님께 다가가 우리가 있는 쪽으로 모시고 오고 있었다.

엄마는 수현의 손을 덥썩 잡고 눈물을 흘렸다.

"할머니."

녀석은 넉살도 좋다. 언제 봤다고 할머니인가. 수현의 또 다른 엄마의 활달함을 배웠으리라.

"네가 수현이구나."

아버지는 뒷짐을 지고 모로 서서 수현을 힐끔거리기만 할 뿐 별다른 말은 없었다.

"할아버지, 할머니 절 받으셔야죠."

수현은 땅바닥에 절을 하려 하는 걸 엄마가 극구 말렸다.

"아니다. 아니야. 미안하다. 그리고 고맙다."

입소생들을 부르는 소리가 들렸다.

"저, 이만."

"그래 건강히 잘 있다가 와. 내가 제대하면 잘 해줄게. 그동안
못한 거 다."

갑작스런 엄마, 아빠의 등장으로 수현은 오히려 제 부모에게
제대로 인사도 못한 채 시간에 쫓겨 훈련소 안으로 들어갔다.
간단하게 쿨하게 훈련소에 들어가고 싶은 수현의 생각을 엄마,
아빠가 망친 것 같아 오히려 화가 났다.

32.

영주의 아들은 영주의 바람대로 영재고에 진학했다. 영주는
세상을 다 가진 표정을 짓고 있었다.

"아이구, 그렇게 좋아?"

"그럼, 남들 수천 만 원씩 들여도 못 하는 걸, 우리 아들이 했
는데."

"그럼 수천 만 원 번 기분이겠네. 저녁은 비싼 거 먹어야겠
는데"

"얼마든지. 말만 해. 오늘은 내가 3차까지 다 쏜다."

"짠순이 영주가 이런 날도 있네. 근데 왜 하필 나 임신 중에
이런 기회가 생기는 거야."

태라의 배는 임산부 티가 날 만큼 제법 불거져 있었고, 꿋꿋하게 회사를 다니고 있었다.

"이제 아이가 막 움직이는 게 느껴진다. 신기해."

"이제 성별을 알 때가 된 거 같은데, 의사한테 안 물어봤어?'"

"야, 지금 그게 중요하냐? 애 아빠도 모르는 마당에."

"야, 그런 거 하나도 안 중요해. 중요한 건 내 아이라는 거지."

"아이 아빠 후보 중에 그 아홉 살 연하도 있는 거야?"

난 예전부터 궁금해하던 걸 이제야 물어봤다.

"아마도."

태라가 그 정도로 얘기하는 걸 보면 아이 아빠는 그일 가능성이 아주 높다. 태라에게 결혼하자고 졸랐던 남자가 아닌가. 그런데 태라는 뭐가 무서워서 다른 남자를 만나야 했을까.

"선영아, 살이 더 빠진 거 같아."

영주 아들의 합격 소식과 태라의 뱃속의 아이로 우린 선영이 헬쑥해진 얼굴과 평소와 다르게 말이 없다는 걸 조금 뒤에야 눈치챘다. 그것도 역시 영주가 먼저 알아챘다.

"나 이혼하려고"

선영의 뜻밖의 말에 우리 모두 뜨악했다.

"했었다."

모두 안도의 표정을 지었지만, 선영에게 무슨 일이 있었던 건지 궁금했다. 결혼식을 파토낼지언정 이미 한 결혼에 쉽게 이혼 말을 꺼낼 선영은 아니었다.

그토록 아이를 원하던 선영의 남편은 불임이었다. 불임이라는 사실보다 문제는 선영의 남편은 그 사실을 이미 결혼 전부터 알고 있었다는 것이다. 그러면서 선영에게 아이만 낳아달라고 한 것이다.

결혼 전 요란스럽고 자유분방해 보이던 선영이 결혼 후 가정의 평화를 위해, 아이를 갖기 위해 노력하는 모습을 보며 선영의 남편은 양심 고백을 한 것이다. 선영은 여기까지도 화를 억누르며 들어주었다.

그런데 선영이 남편의 양심 고백은 도가 지나쳐 선영이 무슨 수를 써서라도 아이를 가질 줄 알았다고 하는 말까지 해버리고만 것이다. 이 부분이 선영이 이혼을 생각한 이유였다.

아내가 무슨 짓을 하더라도 자신이 불임인 사실이 가십거리가 되는 것보다 나은 거라고 생각했던 모양이다. 가십이 무서운건 강남이나 시골이나 같다는 생각이 들었다. 바쁜 사람들은 남의 일에 신경 쓸 여력이 없는데 말이다.

나의 임신이 가십거리가 되어 나란 존재가 송두리째 갈기갈기 찢겨졌던 그 시절이 떠올라 문득 씁쓸해진다. 선영이 남편 또한 가십거리가 되는 자신이 어떻게 상하는지 이미 알고 있었는지도 모른다는 생각에 미움보다는 연민이 앞선다.

"그걸 왜 이제 말해."

"너네도 다 바빴잖아. 뭐 좋은 일이라고. 사실 너희한테도 말하기 쪽팔리더라."

"그 말을 듣고 계속 살겠다고?!"

흥분한 태라의 손을 영주가 잡아챘다.

"이 사람이 날 뭘로 본 건가. 어이가 없어 화도 안 나더라. 근데 이상하지. 계속 생각하다보니까 이 사람이 이제야 날 진짜 사랑하는구나. 그런 생각이 들었어."

모두가 조용했다.

"그리고 수현이 생각이 나는 거야. 잘 자라준 우리 수현이."

우린 모두 선영이 무슨 얘기를 하려는지 이해할 수 없었다.

"수현이, 잘 있지?"

"응."

"선생님 부부처럼 훌륭한 부모가 될 자신은 솔직히 없지만, 나 해보려구. 주변에 진실을 알리고 입양하자고 했어. 당신이 무슨 죄 지었냐고."

선영이의 대담한 결심에 우리 모두 놀라지 않을 수 없었다.

"그렇게 하겠대?"

"쉽게 예스 할 사람 같으면 그렇게 나까지 속였겠니. 어떤 집안인지 얘기했잖아."

우리는 무엇으로부터 구속되어 스스로를 불행하게 하는가.

"그러지 않으면 이혼이라고 했더니 시간을 달라더라고. 한 달을 고민하더니 해보자고 하더라. 그 집안이나 주변 꼴통들 내가 확 바꿔버리려고."

"만만치 않을 텐데."

"그러게 너무 무리하는 거 아냐? 벌써 그렇게 얼굴이 반쪽이 돼가지고."

"얼굴 반쪽된 건 그 사람에 대한 배신감 때문이고, 나 한 번 한다면 하는 거 알잖아."

선영의 밝아진 표정에 우리도 함께 웃었다.

33.

집으로 돌아오는데 눈발이 날린다.

첫눈이다. 문득 첫눈이 오면 스키장에 가자고 했던 현성의 말이 생각난다. 꽤 오랜만에 현성을 떠올렸다. 스키를 좋아했던 현성은 겨울이 끝나갈 무렵 우리가 처음 만났다는 것을 못내 아쉬워했다. 내가 스키장에 가본 적이 없다는 것도 의아해했다. 그리곤 겨울이 오면 꼭 스키를 가르쳐 주겠노라고 약속했었다. 겨울이 끝나갈 무렵, 다시 찾아올 겨울에 대한 약속을. 두 달 만에 저버릴 약속을 했었다. 사랑을 할 때는 왜 그렇게 지키지 못할 약속을 많이 하는가. 그게 사랑은 맞았던가.

뚜벅뚜벅 걸어 집 앞에 이르니, 가로등 불빛이 눈 내리는 풍경을 환히 비추고 있었다. 가로등도 없다고 이 길을 걱정했던 수현이 생각났다. 이제는 걱정하지 말라고 빨리 말해주고 싶은 생각에 웃음이 났다. 이제 어떤 상황에서든 수현을 떠올리면 웃게 된다.

가로등 아래 한 남자가 서 있다.

"자야씨!"

현성이었다. 뻔뻔하리만큼 밝게 웃고 있었다. 좀 전에 나의 미소가 아마 저를 보고 웃었다고 생각한 모양이다. 그가 몹시 낯설게 느껴졌다.

커피가 식은 지 이미 오랜데, 현성은 일어날 생각을 하지 않는다. 늦은 밤이라 조금만 마시려고 남긴 커피를 다 마셔버렸다. 이제 그만 일어나자는 의미였는데 현성은 눈치 채지 못한다. 괜히 잠만 못 자게 생겼다.

다니던 직장에 부도가 나서 졸지에 실업자가 되었고, 선배와 새로운 사업을 꾸리고 자리를 잡느라 많은 고생을 했다. 내게 너무 미안했지만 아무런 약속도 해줄 수 없어 연락하지 못했다.

현성은 그간의 일을 비극의 주인공처럼 장황히 떠들었지만, 단 세 마디로 요약이 가능했다. 반 년 만에 5년은 늙어버린 것 같은 그의 얼굴을 보니 그 간의 상황이 어느 정도 이해는 됐다. 그런데 그는 지금 이 자리에서 우리가 좋았던 그때로 당장 돌아가자고 하는 것이다. 싫다고 하면 얘기가 길어질 것 같아 일단 생각해보겠노라고 하며 현성을 돌려보냈다.

역시 쉽게 잠이 오지 않았다. 수현을 만나는 일이 없었더라면 난 아마 아직도 현성을 그리워하며 슬퍼하고 있었을지도 모르겠다. 그런데 요즘 난 그를 생각하지 않았고, 그를 원망했던 기억만이 어렴풋이 떠오른다.

현성은 그날 이후로 꼬박꼬박 전화를 걸어왔다. 내가 전화를 못 받기라도 하면 그는 마음을 졸였다고 하며 한숨을 내쉬었다. 관계의 역전을 보며 묘한 쾌감도 들었지만, 자기 마음만 중요한 사람을 보며 내 마음은 점점 멀어지고 있는 거 같다. 만나자는 말엔 아직 생각이 정리되지 않았다고 했다.

34.

수현에게 가려고 집을 나섰는데, 눈이 온다. 불과 첫눈이 온지 일주일 만인데 제법 많은 눈이 내린다. 늘 선생님 부부와 함께였고, 혼자서 면회를 가는 건 처음이다. 눈이 내리는 날 차를 갈아타며 부대까지 가는 일에 생각보다 많은 시간이 걸렸는데, 수현이 제설 작업에 나갔다고 해서 또 한참을 기다려야 했다.

"왜 이런 날 왔어요."

검어진 얼굴에 땀방울이 맺혀 있어도 녀석은 여전히 빛났다.

"싫어?"

"아니, 엄마 고생할까봐 그러지."

녀석의 손은 따뜻했다. 그 작고 보드라운 손으로 꼬물거리던 것이 얼마나 경이로웠던가. 그런데 이제 내 손보다 훨씬 크고 두툼한 손이 다른 색깔의 경이감을 가져다주었다.

"근데, 엄마 무슨 일 있지?"

"응, 집 앞에 가로등 생겼어. 이제 걱정하지 말라구."

"에이, 난 또, 그런 거 말구. 뭔가 조금 행복한 고민이 있어 보이는데."

"너 나이도 어린 게. 너, 너무 사람 마음 잘 읽어. 너 처음 만났을 때 그게 얼마나 부담스러웠는지 알아?"

"하하하, 내가 심리학 책을 좀 많이 봐서 그런가봐. 대학 입학하니까 어떤 선배가 그러더라고. 연애하려면 심리학 책 꼭 보라구요."

"연애가 하고 싶어서 심리학 책을 봤단 말야?"

"응, 덕분에 친구들 연애 코치는 많이 했죠. 하하. 엄마도 말해봐요. 뭔지."

수현의 독촉에 난 부끄럽게도 현성의 이야기를 털어놓았다.

"음, 남자는 그럴 수 있어요. 힘들 때 숨어버리려고 하는."

"너무 이기적인 거 아냐. 갑자기 찾아와서 아무 일 없었던 듯이 행동하는 건. 난 감정이 없냐구."

"그만큼 단순한 거지. 많이 약 올랐구나."

"약 오른 게 아니고."

살기 싫을 만큼 절망스러웠다는 말은 차마 할 수 없었다.

"그래도 다행이지 않아요? 그 사람이 엄마가 싫어서 떠났던 건 아니라는 거잖아."

수현의 말이 맞다. 현성이 찾아와준 게 한편으론 고마웠다. 최소한 내가 그냥 버려진 게 아니었다는 건 확인할 수 있었으니까.

"엄마가 약 오른 만큼 약올려줘요. 남자는 좋아하는 여자가 어떻게 해도 포기 안 해요."

"그건, 너처럼 젊은 남자들 얘기구."

"왜 또 떠날까봐 겁나요?"

"아니, 정말 모르겠어."

겨울이라 날이 빨리 저물었다. 눈은 그쳤지만, 바닥엔 제법 많은 눈이 쌓여 있었다. 미끄러지지 않으려면 두 다리에 힘을 잔뜩 주어야 했지만, 이 길이 싫지 않다. 아들 면회 와서 연애 상담이나 하는 꼴이라니, 내 모습이 우스웠지만 처음으로 산다는 게 즐겁게 느껴진다.

힘겹게 걷고 있는데, 전화벨이 울린다. 수현의 또 다른 엄마다.

"자야씨, 잘 지냈어요?"

"네, 지금 수현이한테 왔다 가는 길이에요."

"왜 눈 오는 날 갔어. 고생스럽게. 다음 주에 우리랑 같이 가지."

"그냥, 오고 싶었어요."

"왜 안 그렇겠어. 나도 시간만 나면 달려가고 싶은데."

목소리도 따뜻하다.

"다른 게 아니고. 우리 집 리모델링했거든. 애들 없을 때 하는 게 덜 번거로울 거 같아서. 놀러 오라고. 와서 살면 더 좋고. 애들 다 나가고 수현이마저 나가니까 나 허전해 죽겠어. 수현이도 그러더라고. 엄마 사는 집 앞에 가로등이 없어 구청에 민원을 넣었는데, 될진 모르겠다고. 걔가 군대 가는 날까지 그 걱정하더라고. 집 고쳐놓고 보니까 자야씨가 와서 살아도 좋겠단 생각이 들어서 말이야."

가로등이 수현이의 작품이었구나. 눈물이 왈칵 쏟아졌다.

"아, 내 말에 부담 갖지는 말고, 일단 놀러 와요."

내 삶엔 어떤 선택지가 주어졌던 적이 없다.

아이를 낳아야 할지 말아야 할지, 유학을 가야 할지 말아야 할지, 돌아와야 할지 말아야 할지. 그런 건 내가 선택할 수 있는 문제가 아니었다.

이 남자와 계속 사귀어야 할지 헤어져야 할지. 결혼은 해야 할지 말아야 할지. 이런 고민은 할 기회조차 못 가져봤다.

서른아홉 해를 그렇게 살았기에 앞으로 삶에 대한 기대도 없었다. 그런데 지금 처음으로 삶에서 선택지를 받아본 느낌이다. 그런 걸 해본 적이 없어서 지금 이 상황이 매우 낯설고 조금은 두렵기까지 하다.

다음 주말엔 내가 친구들을 불러 모아야 할 거 같다.

'얘들아, 나 어떡해야 하지.'

이 낯선 행복 앞에 터질 것 같은 가슴을 꼭 쥐고 버스에 오른다.

작가의 말

어린 시절부터 세상이 정해놓은 고정관념과 편견에 의문을 가질 때가 많았다. 어떤 의문들은 세상이 변하며 자연스레 해소되었지만, 아직도 많은 의문이 해결되지 않은 채 세월은 흐르고, 세상은 그런대로 돌아간다.

그런 세상에 적응하기 힘들어, 아직도 난 헤매며 살고 있다. 나 같은 사람이 이 세상에 적응하며 사는 방법에 대해 고민하다가 글쓰기를 시작했다. 법과 제도를 개선해 나가는 것이 정치가, 행정가들의 몫이라면, 잘못된 사회적 통념에 질문을 던지고 함께 고민하도록 이끄는 것은 작가의 몫이라 생각했다. 그리고 또 오랜 시간을 헤매다가 첫 소설을 세상에 내어놓게 됐다.

이 이야기 또한 세상의 편견에 대한 질문에서 시작됐다.

어쩌면 그리 특별할 것 없는 이야기이다. 우리는 자야와 같은 시련을 겪는 사람을 한 번쯤은 보았을 테니까 말이다. 그러나 그런 시련의 끝에 자야와 같은 행운이 따르는 이는 과연 몇이나 있을까. 자야와 같은 일을 겪는 이들이 더 이상 세상의 편견에 시달리며 그로 인해 더 불행해지지 않기를 바라는 마음으로 이 글을 쓰게 되었다.

자야의 고통을 감당하기 어려워 수차례 글쓰기를 멈추기도 했고, 생업의 고단함에 자야를 잊은 채, 시간이 훌쩍 지나가 버리기도 했지만, 그래도 자야는 끊임없이 나를 깨우고 있었다.

'언제까지 노트북 안에 날 가두고 숨 막히게 할 거야'라고 말하는 것 같았다.

자야가 수현을 보며 뿌듯하면서도 똑바로 바라볼 수 없는 마음처럼, 나 또한 뿌듯하면서도 이 글을 똑바로 마주하기가 부끄럽다.

자야의 삶이 겪었던 고통과 기쁨이 독자들에게 잘 전달될는지, 자야의 친구들이 갖는 생각에 독자들은 얼마나 공감해 주실지 걱정이 앞선다.

그럼에도 불구하고 용기를 낸 것은, 우리가 진정 행복한 삶을 살고 있는지, 내가 정한 행복의 기준이 아니라 세상이 정해놓은 기준을 따라가며, 타인의 시선 속에 나를 가두어 정작 자신이 지켜야 할 것들을 놓쳐버리고 자신의 의지를 꺾어버린 적은 없는지, 그로 인해 나의 삶이 뒤틀린 적은 없었는지, 자야를 비롯한 친구들의 삶을 통해 많은 이들과 같이 생각해보고 싶었기 때문이다.

생각이 서로 다른 너와 내가 만나서도 서로를 포용하며 우리를 만들어 모두가 더 행복해지기를 바라는 마음이다.

아직 많은 게 부족한 글이지만, 가능성을 알아봐주시고 출판에 응해주신 달아실출판사 윤미소 대표님과 박제영 편집장님, 멋진 해석을 담아주신 유성호 평론가님, 항상 엄마의 꿈을 응원해주는 아들 은수에게 이 기회를 빌려 감사의 마음을 전한다.

글을 쓰다보면 절벽을 마주하는 것 같은 순간이 수시로 찾아온다. 그럴 때마다 작가로서 재능이 없는 게 아니냐고 스스로에게 묻곤 한다. 그럼에도 불구하고 이 길을 끝내 놓지 못하는 내가, 나는 좋다.

앞으로도 이 세상에 대한 질문은 계속될 것이고, 끊임없이 독자들과 함께 고민하고 싶다.

2019년 11월

심현서

해설

사랑의 주체를 탄생시키는 매혹적 성장소설

유성호
(문학평론가, 한양대학교 국문과 교수)

1.

서른아홉 살 여성의 삶을 다룬 이 작품을 '성장소설'이라 불러보면 어떨까? 알다시피 성장소설이란 미성숙하고 여린 존재가 여러 순간의 고통과 기쁨을 거치면서 성숙한 정체감을 형성해가는 서사를 말한다. 주인공이 유년 시절부터 청년 시절에 이르는 사이에 자신을 발견하고 정신적으로 성숙해가는 과정을 담거나, 주인공의 내면적 성장 과정을 인과적으로 짜놓은 소설을 뜻하는 것이다. 그 점에서 성장소설은 청소년 세대를 주인공으로 삼는 경우가 많다. 왜냐하면 우리는 성장소설의 주인공이 치러내는 갈등 극복 과정이나 환상적 모험 그리고 사회에 던지는 질문 등을 통해 청소년기의 과정적 속성을 충실하게 경험할 수 있기 때문이다. 일반적으로 그 경험은, 타인의 삶과 상상력에 간접적으로 참여하고, 미지의 세계에 대한 새로운 지식을 얻고, 인간 정신의 높이를 유추함으로써 자신의 삶을 보다 더 이해할 만한 것이 되게 하는 방향으로 나아가게 된다. 그런데 정작 소설의 주인공이 청소년이 아니라 서른아홉 살의 여성이라면?

이 소설은 3부로 구성되어 있는데 주인공 자야가 살아온 시간이 한편으로는 재현되고 한편으로는 진행된다. 1부에서는 서른아홉 살 자야가 연인인 현성에게 이별 통보를 받고 고통을 느끼다가 대학생 수현을 만나 새로운 경험을 치러가는 때까지를 다룬다. 여기서 해설은 일종의 스포일러(spoiler)가 될 우려를 가지는데, 왜냐하면 1부 마지막 부분에서 마치 추리소설의 기법을 연상케 하는 상황 반전이 이어지기 때문이다. 2부에서는 청소년기에 자야가 겪은 고통과 기쁨의 순간들이 기억 속에서 재현되는 형식을 취한다. 자야와 친구들의 오랜 우정, 진혁과의 인연과 그로 인한 고통, 자야가 집을 떠나게 되는 과정이 그려지고 있다. 마지막 3부에서는 자야가 겪어온 세 남자 진혁, 수현, 현성을 모두 등장시켜 자야로 하여금 타인의 시선과 기준을 훌쩍 벗어나 자신만의 시선과 기준으로 세상을 바라볼 수 있게

끔 해준 시간을 복원해낸다. 여기에 자야의 세 친구 선영, 영주, 태라의 서사가 엮이면서 이 소설은 여러 인물들이 겪는 '사랑과 이별과 욕망의 서사'를 풍부하게 들려준다.

소설 내내 비중 있는 조연을 마다하지 않는 자야의 세 친구는 모두 성격이 다르고 또 사랑의 경험도 달라 그 세대 여성들이 가지는 여러 생각의 축도(縮圖)를 보여주는 역할을 해준다. 이처럼 다양한 흐름을 독자들은 섬세한 감각으로 따라가며 읽어야 할 것이다. 이를 통해 작가는 "다른 너와 내가 만나서도 서로를 포용하며 우리를 만들어 모두가 더 행복해지기를 바라는 마음"(작가의 말)을 표현하려고 하였다.

2.

삶은 우연한 계기의 연속으로 구성된다. 물론 예측 가능한 과정이나 절차에 합리적으로 대처하고 반응하는 일도 삶의 중요한 속성을 이루지만, 그러한 이성적 해석과 판단을 무색하게 하는 이런저런 삶의 예외적 순간은 우리로 하여금 합리성의 덧없음과 한계를 절감하게끔 한다. 이처럼 실제 삶에서 이성과 탈(脫)이성의 힘은 늘 어긋나고 비껴가면서 삶의 어둑한 양면을 형성하는데, 그래서 우리는 합리성으로 현실을 논하기도 하지만 그와 동시에 비합리적인 우연과 욕망에 대해서도 관심의 끈을 놓지 않는 것이다. 이 소설의 여러 장면과 순간은 때로는 우연적 상황으로 때로는 복합적 상황으로 전개되어간다. 심현서는 이러한 중층적 서사를 택함으로써 우리의 삶이 사랑과 이별, 생성과 소멸, 희망과 절망, 희열과 고통의 한없는 교차적 변주로 이루어져 있음을 증언해준다. 작가는 이러한 과정을 단아하고 힘차고 명료한 문장으로 가독성 높은 한 편의 소설을 완성하였다.

소설 첫머리에서 자야는 "영원한 비정규직 학원 강사에 결혼은커녕 이렇다 할 연애조차 해본 적이 없는 인생"으로 소개된다. 자야는 연인인 현성에게 실연을 당한 후 일하는 학원에서 명문대생 수현을 만난다. "고등학교 국어 선생님인 아버지, 초등학교 교사인 어머니 사이에 삼 남매 중 늦둥이"로 소개되는 수현은 자야에게 호감을 보이면서 자야로 하여금 새로운 삶의 감각을 가지게 해준다. 그러던 어느 날 수현은 자야에게 자기 부모님이 친부모가 아니라는 사실을 최근에 알았으며 최근에는 엄마도 찾았다고 자야에게 말해준다. 그때 수현이 바로 자야의 아들임이 암시된다.

한 두어 장 넘겼을까. 교복을 입은 여고생 셋 사이에 녀석이 있다. 내가 고교 시절 입었던 교복 같다. 손전등을 좀 가까이 비

쳐본다. 그 여고생들은 선영, 영주, 태라다. '어떻게 애들이 수현과 함께 있는 거지?' 놀란 눈으로 수현을 바라보았으나 녀석은 아무 대답도 해줄 것 같지 않은 표정이다. 머릿속이 어지러워지는데, 녀석은 다시 가방에서 무언가를 꺼낸다. 어린아이 옷이며, 장난감 그리고 여러 장의 카드가 담겨 있다.

우리 예쁜 수현이 잘 자라고 있지?
다섯 번째 생일 축하해. 이모들이 많이많이 사랑해.
영주, 태라, 선영 이모가

이 장면에 이르러 비로소 독자들은 자야가 연애 한번 못해본 맹탕이 아니라 이렇게 준수한 아들을 낳아본 적이 있는 삶의 맹장임을 어렴풋이 알게 된다.

2부에서는 자야의 고등학교 시절로 돌아가 그네들의 사랑과 고통과 이별과 그로 인한 숱한 난경(難境)을 보여준다. 존재의 주홍글씨를 달게 된 자야가 어떻게 학교를 떠나고 아이를 낳고 아이와 헤어지게 되었는지를 보여준다. 이 대목에서 미혼모가 된 주인공과 세계의 적대 관계가 표면화되며, 타인의 시선이 상처가 되는 순간들이 사실적으로 재현된다.

3부에서는 군대를 간 수현과 자야의 모자 관계가 본격적으로 진행되면서, 속물적 진혁과 다시 돌아온 현성을 통해 새로운 삶의 순간을 다시 맞는 자야의 내면이 그려지고 있다. 비가 내리는 날 수현을 발견했던 것처럼, 눈이 내리는 날 현성은 돌아왔다. 그리고 다음과 같은 자야의 독백으로 소설은 마감된다.

서른아홉 해를 그렇게 살았기에 앞으로 삶에 대한 기대도 없었다. 그런데 지금 처음으로 삶에서 선택지를 받아본 느낌이다. 그런 걸 해본 적이 없어서 지금 이 상황이 매우 낯설고 조금은 두렵기까지 하다.
다음 주말엔 내가 친구들을 불러 모아야 할 거 같다.
'애들아, 나 어떡해야 하지.'
이 낯선 행복 앞에 터질 것 같은 가슴을 꼭 쥐고 버스에 오른다.

이러한 선택지의 발견 과정이야말로 자야의 삶을 무한하게 확장해가는 시간과 인연의 신비로움일 것이다. 어디 그뿐인가. 삶이란 아폴론적 질서와 디오니소스적 열정의 상호 작용과 얽힘 속에서 늘 신비롭고 불가해하게 만드는 요소들로 싸여 있다. 그 속에서 우리는 심미적 도취나 순간성에서 위안을 받거나 치유를 경험한다. 이러한 위안과 치유의 순간이 바로 심현서 소설의 특장이요, 이 소설이 가진 우뚝한 성과일 것이다.
이 작품은 이처럼 사랑과 고독과 발견의 과정에 대한 공감을 요청하면서, 주인공이 자신을 삶의 주체로 형성해가는 과정을 선명하게 보여준다. 원래 성장소설은 주인공이 현실 속에서 갈등하며 자신의 정체감을 찾아가는 탐색 과정을 독자들의 정서에 이입하여 일종의 동일화(identification) 효과를 발생시키는데 역점을 둔다. 그래서 그것은 탐색담(quest story)의 기능을 일정하게 가지면서 갈등과 발견의 과정을 통해 삶의 주체로 형성해가는 과정을 보여주게 마련이다. 심현서 소설의 가장 긍정적인 기능 역시 이렇게 자기를 형성해가는 주체의 정체감 발견 과정을 보여주는 데 있을 것이다.

3.

그동안 우리 소설은 역사적, 경험적 진실의 세계를 공동체적 선(善)이라는 방향과 함께 써나감으로써 계몽적 열정을 강렬하게 보여준 기록을 가지고 있었다. 집단적 경험의 구성원으로서의 존재가 강조되다 보니 개개인의 내밀한 욕망의 문제는 언제나 부차화되기도 했다. 하지만 최근의 소설 미학은 현저하게 개별화 혹은 내면화의 방향을 취하면서 독자가 상상적으로 참여하는 독법(讀法)을 요구하게 되었다. 이러한 작품들은 대개 인물의 내면을 집요하게 탐사하면서 기억과 이미지 그리고 꿈을 찾아 나선다. 또한 '현재성/실체/현실'이라는 합리성의 요새를

공략하면서 삶이 불가피하게 견지하는 모호하고 흐릿한 복합성을 강하게 암시하게 된다. 심현서의 소설은 이러한 개개인의 삶과 내면의 맥락을 충실하게 복원하면서 기억과 이미지와 꿈의 세계를 자신만의 개성으로 구축해간 미학적 결실인 셈이다.

우리가 읽어왔듯이, 심현서의 소설 〈서른아홉살, 자야〉는 전혀 새로운 문법의 성장소설로 다가온다. 우리는 이 작가를 통해 앞으로 새로운 텍스트의 등장 가능성을 예감하게 되는데, 이는 한 여성이 자기 형성적 주체로 성장해가는 과정을 담으면서도 빼어난 연애소설의 속성과 다양한 풍속소설의 속성을 결속해가는 역량을 그가 보여주었기 때문이다. 독자들은 내적 심리로 돌아가 상상적 일탈을 꿈꾸거나, 부드럽고 아늑한 서사에 몸을 맡기면서 자신이 살아온 생에 대해 다시 한 번 자부심과 자괴감을 느끼거나 하는 심리적 동인(動因)을 가질 수 있게 될 것이다.

흔히 우리 삶의 과정은 '길'에 비유되곤 한다. 그 '길'은 삶의 과정을 가장 적절하게 은유하면서 순간순간 우리에게 여러 선택지로 다가온다. 만약 우리에게 하나의 길만 주어지고 그저 우리는 그 길을 걷기만 하면 된다면, 우리 삶은 얼마나 평화롭고 단조로울 것인가. 하지만 우리의 삶은 선택의 연속 가운데 특유의 긴장과 활력을 가지는 법이다. 그런데 선택이 다른 것들의 배제나 포기를 뜻한다는 점에서 그것은 결코 쉬운 일이 아니다. 그럼에도 우리는 중요한 고비마다 다른 것들을 배제하거나 포기하면서 '길'을 선택해간다. 하지만 그 선택에 자긍과 자괴를 가지고 살아간다고 해도 어찌 '가지 않은 길'에 대한 미련과 아쉬움이 없을 것인가. 자야가 경험한 시간의 주름과 그 안에 충일하게 뻗어나간 소소한 맥락들 역시 이러한 생의 비밀과 아름다움을 다 품고 있는 것이다.

모레티(F. Moretti)에 의하면 '성장(成長)' 개념은 근대의 상징 형식이다. 미성숙한 존재에서 성숙한 성인이 되어가는 과정과 근대 세계가 변화되어가는 과정 사이에 깊은 상동성이 있다는 것이다. 하지만 우리 시대는 성장은커녕 성장을 거부하는 반(反)성장의 태도가 충만한 시대이다. 그 점에서 우리는 성년 이전의 순수성과 미숙함에 대해서만 강조하기보다는, 성년 세대에 대한 순응과 거부 곧 성장과 반성장의 이율배반 가운데 존재하는 이들의 속성을 바라보아야 한다. 이 소설의 주인공이 보여주는 기존 세대와의 갈등과 함께 새로운 세대와의 사랑의 방식은 그 점에서 매우 생성적 의미가 깊다고 할 수 있을 것이다.

다시 강조하거니와 생명체로서의 존재 증명에 '사랑'보다 더 분명하고 강렬한 것은 없다. 서로를 기억하려 하지 않는 황폐

한 현대 사회의 소통 부재 상황에서, 우리는 이 소설의 주인공이 경험한 세계와 우리가 겪고 있는 상황의 유사성을 통해 사랑과 고독과 자유와 위안에 대해 생각할 수 있을 것이다. 이러한 소통과 공감 가능성은 이 작품에 우리에게 부여해준 빼어난 미덕일 것이다. 그 소통과 공감의 힘으로 이 소설은 사랑의 주체가 태어나는 매혹적 순간을 우리에게 보여준 셈이다. 자야는 극도의 고통과 고독 속에서 아름다운 사랑의 주체로 탄생해간 것이다. 이처럼 심현서의 소설 〈서른아홉살, 자야〉는 인간의 가장 깊은 곳에서 발원하여 가장 먼 곳으로 퍼져가는 사랑의 에너지를 품은 채 우리 기억 속에 강렬한 심미적 범례(範例)로 남을 것이다. 더불어 우리는 역량 있는 새로운 작가 탄생의 순간을 큰 기대로 바라보고자 한다.

장편소설
서른아홉살, 자야

1판 1쇄 인쇄 2019년 11월 20일
1판 1쇄 발행 2019년 11월 30일

지은이   심현서
발행인   윤미소
발행처   (주)달아실출판사

책임편집 박제영
디자인   전형근
마케팅   배상휘

주소   강원도 춘천시 춘천로 17번길 37, 1층
전화   033-241-7661
팩스   033-241-7662
이메일   dalasilmoongo@naver.com
출판등록 2016년 12월 30일 제494호

ISBN 979-11-88710-51-5

* 이 도서의 국립중앙도서관 출판예정도서목록(CIP)은 서지정보유통지원시스
템 홈페이지(http://seoji.nl.go.kr)와 국가자료종합목록 구축시스템(http://kolis-net.
nl.go.kr)에서 이용하실 수 있습니다. (CIP제어번호 : CIP2019044614)
* 잘못된 책은 구입한 곳에서 바꿔드립니다.
* 책값은 뒤표지에 표시되어 있습니다.